Der Fährmann

D1662231

Wolf Stein

DER FÄHRMANN

Roman

»Seefahrt ist kein Zuckerschlecken!«

Bibliografische Information der Deutschen Nationalbibliothek
Die Deutsche Nationalbibliothek verzeichnet diese Publikation in der
Deutschen Nationalbibliografie; detaillierte bibliografische Daten
sind im Internet über http://dnb.d-nb.de abrufbar.

Wolf Stein
Der Fährmann
Erzählung

Berlin: Pro BUSINESS 2017

ISBN 978-3-86460-635-9

1. Auflage 2017

 **Unser Buchbonus – Das digitale Extra zur Printausgabe.**

Ab jetzt werden unsere Bücher flexibel. Im Buchbonus finden neugierige Leser noch mehr und aktualisierte Inhalte zum Buch: neue Kapitel, Literaturlisten, Tabellen, Bilder, Videos, Audiodateien und anderes. Damit das Buch nicht zu Ende ist, wenn Sie es aus der Hand legen.

Sie können den Bonuscode mit Ihrem Smartphone einlesen oder den Code direkt eingeben.
http://www.book-on-demand.de/autoren/buchbonus

HCkffKsd1w

ISBN: 978-3-86460-635-9

Und die Kraniche ziehen vorüber,
wenn die bunten Blätter fall'n.
Sie fliegen in den Süden
und lassen mich allein.

Und die Tage werden dunkel.
Nebel steigt aus dem Juwelin.
Trübt der Winter auch meine Seele,
meinen See, ich liebe ihn.

Denn hier bin ich zu Haus.
Hier – jahrein, jahraus.
Hier gehöre ich hin.
Hier macht alles einen Sinn.

Und die Buschwindröschen sprießen.
Die Buchen treiben grün.
Die Sonne schickt goldene Strahlen,
bringt das Leben zum Erblüh'n.

Und mit dem Sommer kommen die Menschen.
Die Fähre, sie steht kaum mehr still.
Und ich spüre tief im Herzen,
dies ist der Ort, dem ich treu sein will.

...

Der Herbst erwachte – und mit ihm das Monster. Pünktlich um 8! Wie konnten sie es freilassen? Wie konnten sie nur? Tief und fest schlief es in einer finsteren Ecke, eingeschlossen, weggesperrt. Ruhe und Glückseligkeit herrschten. Doch nun treibt es sein Unwesen. Wie konnten sie nur? Barbaren! Die fruchtbare Jahreszeit liegt in den letzten Zügen, atmet tief ein, bäumt sich auf, haucht ein leises Lebewohl. Erste Blätter fallen. Am Morgen ist es kühl, am Mittag warm. Meinen russischen Wildtomaten auf der Terrasse fällt das Reifen schwerer und schwerer. Schaffen sie es, schmecken die tiefgelben Früchte vollmundig süß. Den Abend durchzieht eine feuchte Kälte. Das Jahr wendet sich der Dunkelheit zu. Und pünktlich um 8 wird es geweckt. Bald jeden Tag! Sein stinkender Atem nimmt mir die Luft. Sein lautes Gebrüll schmerzt in den Ohren. Diese Ausgeburt der Hölle, ich hasse sie! Das Ungetüm nagt an meinen Nerven. Es zerreißt sie gar. Von Montag bis Freitag zerreißt es meine Nerven. Die Zeit, in der es wütet, ist grausam, lebensfeindlich. Nur an den Wochenenden bin ich vor ihm sicher. Dann schließen sie es ein. Dann muss es sich ausruhen. Das ist gesetzlich so vorgeschrieben, verzeichnet in der *Geräte- und Maschinenlärmschutzverordnung*. Doch lassen sie es frei, sorgt das Biest in meiner Nachbarschaft für Angst und Schrecken. Es ist ein Laubbläser – die wohl dümmste Erfindung aller Erfindungen, der rektale Auswurf menschlicher Experimentierfreudigkeit. Wo sind sie geblieben, die Zeiten, als Laub noch Laub sein durfte, als die bunten Blätter Käfern und Krabbeltieren Unterschlupf boten, als es Harken und Besen gab, als sich Mensch und Baum respektierten? Sie wurden zu Grabe getragen. Beerdigt. Beerdigt von der Friedhofsverwaltung Burgstadt. Die ist der Meinung, dass ein Laubbläser die Produktivität erhöht – die Produktivität ihres Friedhofswartes. Im Frühjahr hatte der noch Kollegen, meist Hilfskräfte, 1-Euro-Jobber und Jugendliche, die gemeinnützige Arbeit verrichten mussten. Seit ich wieder zu Hause bin, sehe ich ihn nur allein. Niemand, der ihm zur Seite steht. Einst sind sie zu dritt oder zu viert mit Schubkarren, Schippen und anderen Gerätschaften ausgezogen und haben, während die Morgensonne erste Strahlen durch das Geäst auf die Gräber warf, fleißig geharkt und gepflegt. Damit ist es vorbei, ferne Erinnerung. Nun ziehen nur noch zwei über den Gottesacker: der Friedhofswart und seine Krawalltüte. Ich genieße es, in der Stadt direkt an einem Friedhof zu wohnen, nicht eines morbiden Fetischs wegen, ich genieße es wegen der Ruhe, wegen der freien Aussicht, die nicht verbaut werden kann. Nach meinem Abenteuer als Praktikant im Nationalpark Seelitz vor einem Jahr, bin ich extra ein paar Häuser weiter gezogen. Ein Freund gab mir den Tipp. Die neue Wohnung am Südfriedhof ist klein, aber reizend gemütlich. Holzbalken liegen frei unterm Dach. Eine bodentiefe Glasfront erhellt zwei Zimmer und die halboffene Küche. Das Bad ist geräumig, aber fensterlos. Mein altes Zuhause gefiel mir auch, doch das Hauptargument für den Umzug war die von beiden Räumen zugängliche Dachterrasse und der damit verbundene Ruf nach ein bisschen mehr Freiheit. Von hier aus blicke ich auf Linden, Birken, prächtige Kastanienbäume, auf Tannen, Büsche, Hecken, auf Spaziergänger, Amseln, Buntspechte, auf geschmückte Gräber und auf frisch gefallenes Laub, das nun fast jeden Morgen ab 8 mit dem Laubbläser von einem Grabstein zum anderen geblasen wird. Das Modell Nervensäge leistet ganze Arbeit. Der als Plastikrucksack getarnte Verbrennungsmotor bläst gigantische Blattmengen mit Leichtigkeit dahin – samt Hundekacke und Staub. Alles fliegt und flattert durch die Gegend, landet, fliegt wieder hoch, landet wieder. Mit Hörschutz bewaffnet kämpft sich der Friedhofswart voran. Vorne schwingt er den Rüssel, hinten entweichen die Abgase. Und Lärm! Gigantischer Lärm! Ein kleiner Benziner auf dem Rücken eines Mannes kann einen unglaublichen Geräuschpegel erzeugen. Höchst nervenbelastend ist das unstete Dröhnen. Wenn es wenigstens ein gleichbleibender Ton wäre! Der Bläser geht an, bläst 3 Sekunden, mein Trommelfell schreit auf, der Motor geht aus. Eine Sekunde ist es ruhig. Sofort spüre ich die Erleichterung im Inneren meines Ohres. Der Bläser geht wieder an, bläst 2 Sekunden, dann geht er wieder aus. An, aus, an, aus. Die Schallwellen fliegen zwischen den Häuserwänden hin und her, schaukeln sich auf. Ich halte es nicht aus, bekomme Aggressionen. Die Ideenschmiede in meinem Hirn ist am Überlegen, wie ich den Friedhofswart samt seines schrecklichen Apparates am unauffälligsten unter die Erde bringe. Bald jeden Tag ab 8! Bald jeden Tag! Zumindest kommt es mir so vor. Der Friedhofswart ist ein netter Kerl. Ich unterhalte mich gern mit ihm. Aber mit seiner Krawalltüte macht er sich keine Freunde. Was mich zudem entsetzt: Die Monster vermehren sich – blasend schnell! Meine Hausverwaltung hat die Produktivität des Hausmeisters ebenfalls erhöht. Es muss sich um eine Verschwörung handeln. Wenn der Friedhofswart die Ohren voll hat vom Laubblasen und seine Höllenmaschine einsperrt, betritt sogleich unser Hausmeister die Bühne und zeigt, dass er mindestens genauso laut Blätter und Staub durch die Gegend blasen kann wie der Grabeswächter nebenan. Auch er hat keine Helfer mehr. Er laubsaugt einsam und allein auf dem Hof. Sein Kollege, der Besen, ist spurlos verschwunden. Produktivität erhöht, Personaleinsatz und -ausgaben gesenkt. Ach, wie mir meine Hausverwaltung schmeckt – besonders Herr Strunz, seines Zeichens Geschäftsführer. Mit dem gab es von Anfang an Probleme. Ich habe kein gutes Gefühl bei ihm. Gerüchte gehen um, er wirtschafte in die eigene Tasche, gründe Unterfirmen, die er selbst engagiert. Beweisen ließ sich bisher nichts, doch ich traue ihm nicht über den Weg. Der Ruf eines eingebildeten Aals, der sich am Anblick seines eigenen Spiegelbildes ergötzt, eilt ihm voraus. Er kann Beschwerden der Hausbewohner und kritische Anfragen in unnachahmlicher Manier ignorieren, eigene Nachlässigkeiten hingegen bei den regelmäßig einberufenen Eigentümerversammlungen, ohne rot zu werden, zu seinen Gunsten auslegen. Wie eine Schlange schlängelt er sich aus der Verantwortung. Herr Strunz hat eine Schwäche: die Rechtschreibung. Seine Briefe sorgen bei ihren Empfängern gern für Schmunzeln. Im Winter hatte ich ihn darauf hingewiesen, dass schon seit Wochen mehrere Lampen im Hausflur defekt wären, dass die Lampenschirme fehlten, die Fahrstuhlbeleuchtung flackere, die Postfrau noch immer keinen Schlüssel für die neue Schließanlage habe, weshalb sie täglich klingeln muss, und dass im Eingangsbereich erhöhte Unfallgefahr drohe. Der in den Boden eingelassene Fußabtreter fehlte, wodurch eine fünf Zentimeter tiefe Stolperfalle hinter der Haustür auf ihre Opfer wartete. Alles Kleinigkeiten, die schnell erledigt sind, dachte ich. Eine Antwort seitens der Hausverwaltung blieb aus, die Situation unverändert. Ich rief bei meinem

Vermieter an, dem Eigentümer der Wohnung. Mit Sven verstehe ich mich gut. Er versprach, sofort bei Strunz durchzuklingeln und ihm Feuer unterm Hintern zu machen. Sven muss dem Herrn mächtig eingeheizt haben. Am nächsten Morgen brannten alle Lichter im Hausflur, neue Lampenschirme schmückten die Wände, der Fahrstuhltechniker kam, der Postfrau wurde ein Schlüssel überreicht und eine neue Fußmatte lag passgenau in der dafür vorgesehenen Vertiefung.

»Na bitte! Geht doch!«, dachte ich.

Im Briefkasten fand ich am gleichen Tag einen Brief. Strunz' Unterschrift zertifizierte ihn. Wortwörtlich und formvollendet stand darin:

Sehr geehrter Herr Becker,

nach Begehung des o.g. Hauses wurde im Flurbereich des Dachgeschosses mehrere Gegenstände (Truhe, Stuhl, u.s.w.) gesichtet, das vermutlich Ihnen gehört, bitte entfernen Sie diese Gegenstände umgehend, da im Flurbereich, solche Sachen nichts zu suchen haben, **Flutweg***!*

Offenbar konnte jemand die Beschwerde nicht auf sich beruhen lassen. Ich zeigte Lisa den Brief, als sie aus Berlin zu mir kam. Sie fand ihn genauso erheiternd wie ich.

... wurde mehrere Gegenstände ... gesichtet, das vermutlich Ihnen gehört ...

»Ich lache mich schlapp. Wenn er schon kein Talent für Rechtschreibung und Grammatik hat, dann soll er es doch wenigstens von seiner Sekretärin korrigieren lassen.«

»Das sollte er! Die Punkt- und Kommasetzung ist auch fraglich. Das Beste ist aber der fettgedruckte Flutweg.«

»Was ist denn ein Flutweg? Wusste gar nicht, dass wir den hier haben.«

Die im Schreiben beklagten Gegenstände wie Stuhl und Truhe stehen tatsächlich dort. Sie passen nicht mehr in meine zwei Zimmer. Dafür wertet das Ensemble die farbliche Eintönigkeit des Flurbereiches auf, finden Lisa und ich. Das denkmalgeschützte Gebäude ist ein saniertes Schulhaus, ein erhabener Backsteinbau mit überaus breiten Treppenaufgängen und hohen Fluren. Herzen aus Eisen schwingen sich am Geländer von Stockwerk zu Stockwerk. Jede Wohnung diente bis zur Wende als Klassenzimmer für Berufsschüler. Treppen und Flure sind Fluchtwege. Mieter dürfen dort nichts hinstellen, was bei einer Notsituation zur Gefahr werden könnte. Alles andere kann von der Hausverwaltung geduldet werden. Muss nicht, kann aber! In der Weitläufigkeit des Hausinneren schienen die besagten Objekte niemanden zu stören – bis zum Tag des Beschwerdetelefonates zwischen Herrn Strunz und Vermieter Sven.

Nun sollten sie plötzlich weg. Aus einem unbeachteten Fluchtweg wurde ein umgehend zu räumender, in fetten schwarzen Lettern gedruckter *Flutweg*. Es ist gemein und man soll sich nicht über die Schwächen anderer lustig machen, doch ich konnte mir ein Rückschreiben an Strunz nicht verkneifen. Lisa und mich überkam eine wunderbare Idee für eine Antwort.

Sehr geehrter Herr Strunz,

bezugnehmend auf Ihr Schreiben teile ich Ihnen mit, dass mir die Gefahr einer Flut im Dachgeschoss des Hauses durchaus bewusst ist. Nur aus diesem Grund stehen die von Ihnen aufgeführten Gegenstände dort. Sie sind für uns überlebenswichtig. Der Holzstuhl und die -truhe dienen im Fall der Fälle als Schwimmhilfen! In der Truhe lagere ich zudem mehrere Rettungswesten!

Vielen Dank für Ihr Verständnis

Jan Becker

Seitdem steht dort alles so wie immer. Ein Blumentopf hat sich sogar hinzugesellt. Von einer Flut wurden alle Etagen bisher verschont, von einer strunzigen Antwort auch. Dafür rächt er sich jetzt vermutlich mit dem Einsatz des Laubbläsers. Ich schaue nach unten, schüttele den Kopf, gehe rein, schließe das Fenster, schließe meine Augen und denke: »Irgendwann werde ich euch zeigen, was `ne Harke ist!« Dumpf und leise drückt das

Dröhnen vom Hof durch die Scheiben. Ich sehne mich zurück an meinen See – zurück an den Juwelin. In Gedanken drehe ich das Rad der Fähre. Lisa sitzt vor mir in einem Sommerkleid. Nächste Saison werde ich wieder beim Fährmann anheuern, ganz bestimmt, im nächsten Jahr wieder. Der Juwelin hat mich gefangengenommen, wie den Fährmann auch, mit seiner wilden Schönheit.

»Ich hänge hier fest, fest am Seil, fest am Seil der Fähre«, sagt der Fährmann und blickt melancholisch über das Wasser.

Der Juwelin leuchtet pastellblau im Spiegel des wolkenlosen Himmels. Es ist Juni, früh in der Saison. Nur wenige Urlauber lassen sich übersetzen. Wir lassen unsere Beine vom Bootssteg baumeln. Mein Blick streift entlang der Ufer. Schwarzerlen und Rotbuchen besiedeln die steilen Hänge. Hin und wieder eine Eiche, Birken, weiter südlich drängen sich Fichten eng aneinander. Das Wasser ist klar, glasklar. Metertief gewährt es Einblick ins Innerste des Sees. Barsche und Rotfedern schwärmen unter uns entlang.

»Unter den Ruderbooten stehen die größten Fische. Solche Dinger!«

Der Fährmann hebt seine Arme, streckt die Zeigefinger und hält die Hände etwa 30 Zentimeter weit auseinander.

»Und? Denkst du, dass du es hier drei Monate aushältst?«

»Ganz bestimmt!«

»Seefahrt ist kein Zuckerschlecken! Ruderboote ausschöpfen, Kajaks putzen, sich mit Touristen rumärgern. Hier ist es nicht immer so idyllisch. Ab Juli ist hier richtig was los. Da kommen sie alle auf einmal. Dann steht die Fähre kaum mehr still. Und wenn es mal ein paar Tage am Stück regnet, kann es ganz schön trist und langweilig werden. Dann muss ich aufpassen, dass sich hier nicht alle gegenseitig auf den Sack gehen. Aber ich habe dir ja gesagt, nicht jeder kann Fährmann am Juwelin werden.«

»Das hast du Fährmann. Das hast du.«

»Am Anfang hilfst Du erst mal beim Bootsverleih mit. Wenn du das drauf hast, darfst du auch das Rad der Fähre drehen. Beim Übersetzen aber immer gut gelaunt sein und den Leuten Geschichten erzählen. Das mögen sie.«

Vom anderen Ufer aus ertönt ein lautes: »Fährmann, hol över!«

»Oh, da wollen welche rüber.«

Wir stehen auf.

»Geht gleich los! Ich hol euch gleich!«

Der Ruf des Fährmanns kehrt als Widerhall zurück

vom Hollerkamm. Die handbetriebene Seilfähre zieht sich 150 Meter bis rüber. Zu jeder halben und vollen Stunde legt sie ab. Es sei denn, es sind keine Passagiere zu sehen. Die können von drüben entweder rufen oder sie klappen einen roten Pfeil nach unten. Das ist das Zeichen zum Überholen. Ein unbefestigter Waldweg schlängelt sich hinunter zu diesem Pfeil. Genau gegenüber führt eine steile Treppe aus Naturstein zum Fährhaus. Hundertfünf Stufen. Schon beim Abstieg überkommt viele Menschen das Gefühl, an einen besonderen Ort abzutauchen. Der Juwelin nimmt eines jeden Seele ein. Über sieben Kilometer streckt er sich. Seine Ufer liegen nicht weit auseinander. Das Fährhaus wacht einsam mittendrin. Es ist mit rotbraunen Holzleisten umzogen. Weiße Schiebefenster reihen sich rundum. Ein kurzer Anleger führt zur Fähre, ein breiter Steg seeseitig am Haus entlang zum Bootsverleih. Auf dem Steg stehen Tische und Stühle aus Holz. Geländer schützen vor einem ungewollten Sturz in die Fluten. Im vorderen Teil wartet ein Imbiss-Café auf hungrige und durstige Gäste. Hier hat Hacki das Sagen. Hacki ist ein liebenswerter Vogel, eigenartig und einzigartig. Er ist vollschlank, trägt eine Brille, hat Sommersprossen im Gesicht und kurzes rotblondes Haar.

»Ich bin einer, wat?«, sagt Hacki immer und grinst dabei schelmisch.

Fragen ihn Gäste nach dem WC, antwortet er: »Das ist nur ein C, ein WC gibt es hier nicht, nur ein C.«

Das Dixi Klo steht versteckt. Pflanzenumrankt tarnt es sich rechts am Fuße der Steintreppe. Jeden Mittwoch kommt der Klofahrer und pumpt die Schiete ab. Sonst darf kaum jemand hier herunterfahren, nur der Fährmann und sein Trupp. Der Juwelin liegt in einem Naturschutzgebiet. Autos parken oben auf dem Parkplatz, Wanderer nehmen die Treppe und Radfahrer den Schotterweg, die einzige Zufahrt zur Fähre. Man kann den See einmal komplett umlaufen oder mit dem Rad umfahren. Oder man nimmt die Abkürzung durch die Mitte: die Fähre. Entlang eines Stahlseils zieht sie sich von Ufer zu Ufer und transportiert Menschen, Hunde, Fahrräder, Kinderwagen und Gepäck.

Mein Handy vibriert. Es empfängt eine SMS. Das Brummen auf der Holzkommode reißt mich aus meinen Erinnerungen. Es ist Sascha. Er plant gerade den Dezember und möchte wissen, ob ich wieder auf dem Burgstädter Weihnachtsmarkt dabei sein werde. Ich antworte ihm: *Auf jeden Fall! So viele Schichten wie möglich!* Seit ich beim Radio gekündigt habe, verdiene ich mein Geld mal hier, mal da. Kurz bevor ich auf Sascha traf, ereilte mich auf meiner Stellensuche für den Winter eine denkwürdige Offenbarung, eine Art der Diskriminierung, die mich verstört zurück ließ. Die Konstellation der Gestirne meinte es dabei nicht gut mit mir, der Kosmos hatte sich gegen mich verschworen. Ein Weihnachtswarenhändler namens Dr. Fröstel befand sich auf der Suche nach saisonalen Lieferkräften. Meine Bewerbung wurde von ihm begrüßend aufgenommen. Der persönliche Kontakt ließ nichts Ungewöhnliches erahnen. Sein Handel mit zerbrechlichen Glaswaren schien hervorragend zu laufen, sein Verkaufskonzept von genialem Geist ersonnen. Er fand mich gut, ich fand ihn gut. Die Erscheinung des Doktors, der tatsächlich promoviert hatte, wirkte intelligent, doch leicht hyperaktiv. Ohne Umschweife wurde das Angestelltenverhältnis besiegelt, zunächst mündlich und per Handschlag. Von diesem Moment an ging ich fest davon aus, dass ich während der heiligen Zeit fragile Weihnachtsschmucklieferungen für Dr. Fröstel von Verkaufsstand zu Verkaufsstand fahren würde – bis zu jenem Tag, an dem die Grundfesten meines Denkens erschüttert wurden. Zur Besprechung und zur Einweisung trafen wir uns in des Doktors Warenlager. In der modernen Leichtbauhalle stapelten sich Kisten über Kisten. Manche Türme reichten bis unter die Decke. Zusammen mit zwei weiteren Bewerbern bekam ich von Fröstel und seiner Frau das Einmaleins der Firmenphilosophie und die ausgeklügelte Bestückungslogistik seiner Weihnachtsmarkthütten erklärt. Nachdem wir alles erfahren hatten, durften wir Fragen stellen, die ausführlich beantwortet wurden. Im Laufe des Gesprächs kamen wir irgendwie auf Geburtstage. Als jenes Datum in sein Ohr drang, an dem ich den Leib meiner Mutter verlassen habe, wurde er hellhörig. Ein misstrauischer Blick entfloh seinen Augen.

»Bist du ein Skorpion?«

»Also, mein Sternzeichen ist Skorpion, ich bin ein Mensch.«

Nach dieser Antwort erklärte er meine Fahrerkarriere als beendet, noch bevor sie begonnen hatte. Wie sich herausstellte, war Dr. Fröstel astrologischer Fundamentalist. Bei Skorpionen sah er rot. Mit denen hatte er bisher nur schlechte Erfahrungen gemacht. Selbst der Bruder seiner Frau, auch ein Skorpion, sei schon mal mit den Tageseinnahmen abgehauen. Diesem Sternzeichen könne man nicht über den Weg trauen. Ich hielt seine Argumentation für einen Scherz. Doch Dr. Fröstel meinte es bitterernst. Somit war ich raus aus seiner Truppe. Nichteinstellung aufgrund meines Sternzeichens – mich fröstelt es heute noch, wenn ich daran denke. Die Arbeit in Saschas himmlischer Markthütte erfüllt mich hingegen mit weihnachtlicher Freude. Das Familienunternehmen verkauft liebevoll gefertigte Leuchtsterne und Leuchthäuser aus handgeschöpftem Papier. Unser Stand ist ein echter Hingucker. Eingekeilt zwischen Sauf- und Fressbuden entfaltet er seine ganz eigene visuelle Wirkung. Die Auskleidung mit schwarzem Samt verstärkt den warmen Schein der bunten Sterne und Häuser. Oft gehen Besucher vorbei, drehen den Kopf, sehen unsere Hütte und fangen verzaubert an zu lächeln. Kinderaugen leuchten, wenn sie uns entdecken. So verkaufe ich gerne. Meinen vier Kollegen geht es genauso. Wir haben uns alle auf eine Anzeige im Internet beworben. Schon das erste Treffen verlief vielversprechend. Sascha als Chef ist ein Glückstreffer. Er vertraut uns, wir vertrauen ihm. Alles läuft wie von selbst. Wir stehen in einer gemütlichen Hütte mit Heizmatte und Gasheizung und verdienen überaus zufriedenstellend. Der Burgstädter Weihnachtsmarkt geht länger als die meisten – von Mitte November bis Ende Dezember. Am Nikolaustag, zu den Weihnachtsfeiertagen und zum Jahresausklang legt Sascha für jeden von uns eine Aufmerksamkeit ins Regal, ohne großes Aufsehen, einfach so. Das ist sehr angenehm und wertschätzend. Saschas Familie ist noch vom alten Schlag, Unternehmer mit sozialer Ader. Der Umsatz stimmt, das Wohlbefinden aller Beteiligten auch. Derart gut haben es nicht alle auf dem Weihnachtsmarkt. Mir wurde von einem Glühweinstand berichtet, dessen Betreiber Studentinnen einstellt, die den ganzen Tag ausschenken, einen Appel und ein Ei dafür bekommen, das Trinkgeld nicht behalten dürfen und sich Taschenkontrollen unterziehen müssen. Auf- und Abbau der Hütte sowie das Öffnen, das Schließen und die Reinigung übernehmen ausländische Billiglohnarbeiter. Der gepanschte Glühwein wird dafür gegen teure Taler zu einer wärmenden Weihnachtsmusikmischung aus Aprèski-Hits und Bumm-Bumm-Schlagern an den feierwütigen Endverbraucher gereicht. Der Rubel rollt! »Oh Du fröhliche, oh Du selige, gnadenbringende Weihnachtszeit!« So gut meine Kollegen und ich es haben, etwas stört auch uns: der Broilerstand. Hinter unserem Leuchthäuschen verkauft ein nettes Pärchen alkoholische Getränke, daneben eine gut aufgelegte Damenbrigade aus Polen Fischbrötchen. Linksseitig füllen Lichterketten und Räuchermännchen die Auslage. Mit allen Betreibern verstehen wir uns gut, nur nicht mit dem Broilerstand rechts nebenan. Unter unserem Verkaufstresen befindet sich der Zugang zur Burgstädter Unterwelt: der Abfluss in die Kanalisation. Den nutzen die Damen vom Hähnchengrill täglich, um ihre fettige Restbrühe den Ratten zu überlassen. Sie kommen mit ihrem Eimerchen, beugen sich über den gusseisernen Deckel und kippen die nahrhafte Soße in den Gully. Unsere erstaunten Blicke werden dabei gekonnt ignoriert. Das Gesicht einer jeden Sondermüllentsorgerin drückt demonstrative Gleichgültigkeit aus, als wolle es sagen:

»Guckt nich' so blöde! Das haben wir immer schon so gemacht, das machen wir auch weiter so.«

Hundert Meter um die Ecke befindet sich die extra für den Weihnachtsmarkt eingerichtete Sammelstelle. Container für Papier, Glas, Plastik, Fette und Lebensmittel stehen Reih an Reih. Beim Sortieren helfen fleißige Mitarbeiter. Man muss nichts alleine tun. Der Weg ist den Damen offenbar zu weit. Sie interpretieren den Zugang zum Kanal als Standortvorteil. Aufsteigender Duft von ranzigem Fett und überreifem Geflügel reizt die Nasenschleimhäute. Nach einer Woche ist der Bereich vor unserer Hütte gut geschmiert und freut sich auf den ersten Ausrutscher. Bisher hat sich zum Glück niemand langgelegt. Spuren von wässrigem Blut, vermischt mit faserigen Fleischresten, verschönern das Abflussambiente. Steht der Wind ungünstig weht uns die Aasbriese direkt in die Hütte. Die ersten Kunden fragen uns, was hier so stinkt. Stumm zeigen wir zuerst auf die Fressbude, danach auf den Gully. Die Leute rümpfen die Nase und verziehen das Gesicht. Wir beschweren uns bei Sascha, der beschwert sich bei der Marktleitung. Die alten Hennen von nebenan kippen fröhlich weiter.

Ich sage einer von ihnen: »Wenn ihr euer altes Fett schon hier reinkippt, dann spült wenigstens richtig nach. Hier ist alles glatt und es sieht schlimm aus!«

»Das war ich nicht, das war meine Kollegin. Ich passe immer auf, dass nichts danebengeht.«

Gerda, meine Kollegin, eröffnet den Damen, dass ein

furchtbarerer Geruch aus dem Gully steigt und sich die Besucher ekeln. Mit bitterböser Miene wird sie abgestraft. Hier sind Hopfen und Malz verloren. Wir reden aneinander vorbei. Sie stehen bereits seit Jahren hier, wir sind neu. Die Marktleitung sagt nichts – stecken wahrscheinlich alle unter einer Decke. Eine neue Beschwerde bei Sascha mit angehängtem Beweisfoto führt letztendlich doch zu einer Ermahnung. Zwei Tage ist Ruhe. Der Gestank bleibt. Dann entdeckt Gerda ein gut getarntes Rohr. Es entspringt hinter dem Broilerstand und führt bis kurz vor den Kanaldeckel. Wir sind sprachlos. Das Jahr nähert sich dem Ende. Der Weihnachtsmarkt schließt. Hoffentlich stehen wir im nächsten Jahr woanders. Doch halt! Dann würden wir den Höhepunkt der Weihnachtssaison verpassen: die Niederkunft des Heilandes, der sich getarnt als peruanischer Indianerhäuptling vors Kaufhaus stellt und Tag für Tag die heilige Botschaft mittels seiner Panflöte verbreitet. Es ist wie mit dem Laubbläser. Wehe, wenn er losgelassen. Das Kaufhaus liegt vis-à-vis unserer Sternenhütte. Somit erfahren wir dauerhaften Hörgenuss. Nur die Burgstädter Straßenbahnen unterbrechen die volle Beschallung des Öfteren. Ich kann inzwischen alle traditionellen Hochlandvolksweisen seines Stammes mitsummen. Zumindest die fünf, die in Dauerrotation aus dem CD-Player dudeln. Ich weiß, wann der Adler schreit, wann die Fußrasseln rasseln und wann der Flötist aus den Anden seinen Kopfschmuck aufsetzt. Die Melodien haben sich in meinen Datenspeicher eingebrannt. Jeden Tag spielt er die immergleichen Lieder. Menschentrauben bilden sich um ihn. Die Tonträger gehen weg wie warme Semmeln. Je kitschiger die Lieder, desto begeisterter die Leute. Für mich grenzt es an Folter, stundenlange Folter. Besonders tiefen Eindruck hinterlassen die weltberühmten peruanischen Panflötenhits *Griechischer Wein*, *Ein Schiff wird kommen* und das fulminante ABBA-Medley. Die hat er drauf wie kein zweiter. Dank der ständigen Wiederholung werden sie zum chronischen Ohrwurm. Auch meine Kollegen empfinden die musikalische Untermalung der Arbeitszeit als großen Segen. Wenn wir Glück haben, flötet er uns zur kommenden Weihnachtszeit wieder den Gehörgang voll.

Meine Freundin Lisa macht regelmäßig Hatha Yoga in Berlin. Einmal nahm sie mich mit. Ich wollte es selbst ausprobieren. Zu Beginn begaben sich alle in die Shavasana – die Entspannungslage. Wir ruhten in Totenstellung flach auf dem Rücken, die Arme neben dem Körper. Unsere Handflächen zeigten nach oben, die Füße fielen leicht nach außen. Mit geschlossenen Augen tauchten wir ein in die Welt der Entspannung, weg vom Alltag. Die Stimme des Yogalehrers Enrico klang beruhigend. Wir sollten uns auf unseren Körper und auf unser Innerstes konzentrieren. Das hatte ich auch vor. Doch die einsetzende Begleitmusik machte es mir schwer. Der Adler schrie, die Fußrassel rasselte, die Flöte flötete ihre Melodie, die Melodie meines Grauens. Sofort begann ich mitzusummen. Ein Automatismus. Bilder vom Weihnachtsmarkt, vom peruanischen Flötenschlumpf und vom Hähnchengully wanderten durch meinen Geist. Meine Konzentration war dahin. Eines wurde mir in diesem Moment klar: Du kannst der Flöte nicht entfliehen! Sie ist überall!

Nur am Juwelin, da sind sie noch nicht. Felix, der Sohn des Fährmanns, arbeitet wie sich rausstellte ebenfalls im Winter auf Weihnachtsmärkten. So hatten wir gleich eine Gemeinsamkeit. Im Sommer hilft er seinem Vater. Felix liebt es, Hacki anzutreiben, wenn er früh im Laden trödelt und noch nicht ganz wach ist.

»Mensch, bin ich heute träge. Schlimm is' dat.«

»Junge, Hacki, Bewegung jetzt!«

»Hacki, machst du mir einen Kaffee zum Kaffeetrinken?«, frage ich.

Lachend antwortet er: »Ja, wozu denn sonst? Kaffee ist doch zum Kaffeetrinken.«

»Du bist echt 'ne Marke, Hacki!«

Ich verstand mich schnell mit allen. Jeder hatte seine

Eigenheiten, aber mit jedem kam ich auf Anhieb klar – mit dem Fährmann, mit seinem Sohn, mit Hacki und mit Gekko. Wobei, mein Ansehen musste ich mir bei ihm erst erarbeiten. Gekko hat fest beim Fährmann angeheuert. Von April bis Oktober wohnt er im Fährhaus. Er gehört bereits zum Inventar. In den kalten Monaten zieht es ihn zu seiner Mutter. Die ruft ihn Georg Konrad. Abgekürzt gefällt ihm sein Name besser. Gekko ist der typische Lausejunge, für jeden Streich zu haben. Vom Wuchs ist er kleiner als ich, hat langes, blondes Haar und ist ein richtiges Muskelpaket.

»Na, Jan, da guckste, was? Die Muckis hat er alle vom vielen Boote-Rein-Und-Raus-Tragen und vom Fähre-drehen. Nur seine Haltung hat er versaut. Steht immer krumm da mit Buckel«, erklärt der Fährmann, als er mir Gekko vorstellt.

Als liebreizenden Willkommensgruß nimmt Gekko den Feldstecher, der im Fenster des Kanuverleihs steht, und malt Tarnfarbe auf den Rand jedes Gucklochs. Ich habe mich gerade häuslich eingerichtet, da legt er los.

»Junge! Jan, komm mal her! Hast du schon mal so einen großen Seeadler gesehen?«

»Wo? Ich sehe keinen.«

»Mann bist du blind. Da drüben in den Bäumen. Hier, nimm das Fernglas! Vielleicht siehst du ihn dann.«

Als ich das Fernglas fragend wieder von meinen Augen nehme, bricht allgemeines Gelächter aus.

»Ha, ein Pandabär!«, meint Hacki.

»Wie siehst du denn aus?«, steigt Felix ein.

»Schöne Brille!«, grinst Gekko.

Ich stelle den Feldstecher ab und suche mir einen Spiegel. Zwei dunkelgrüne Striche umkreisen meine Augen. Der Anblick sieht ulkig aus. Ich muss lachen. In diesem Moment weiß ich, woran ich bei Gekko bin und schwöre ihm furchtbare Rache.

Gekko hat alles unter Kontrolle beim Bootsverleih. Nur seinen Haschkonsum nicht. Ständig zieht er sich einen Joint rein und genießt das freie Leben. Ist er klaren Verstandes, verhält er sich angenehm kumpelhaft. Zugedübelt aber ändert sich sein Wesen. Je mehr er raucht, desto rauer wird er, auch in seiner Aussprache.

»Hacki, du muchiger Beutel, haste wieder Arschhaare geraucht?«

Manchmal sind Gekkos Wortkreationen witzig, manchmal nicht. Sitzt er grinsend mit glasig drögen Augen in der Tür, weiß ich schon Bescheid. Dann schwebt er gerade in anderen Sphären. Gekkos bester Freund heißt Rudolf. Ohne ihn wäre dieser Ort nicht derselbe. Rudolf hat vier Pfoten, einen langen Schwanz, mit dem er wackeln kann, und eine feuchte Nase über der

Schnauze. Er ist der Fährhund – goldbraunes Fell mit schwarzen Schattierungen – ein reinrassiger Straßenmischling. Was da alles im Topf der Genetik zusammengerührt wurde, weiß heute niemand mehr. Rudolf hat Charakter, Erfahrung und bereits einige Hundejahre auf dem Buckel. Dem macht keiner mehr was vor. Oft geht er seine eigenen Wege. Wenn Gekko die Fähre übersetzt, thront Rudolf vorne am Bug und starrt wie ein weiser, alter Mann aufs Wasser. Ein schönes Fotomotiv. Legt die Fähre ab zur Retour, kommt er entweder mit oder er bleibt am anderen Ufer und wartet auf die nächste Fahrt, wie er gerade will. Selten schwimmt Rudolf. Nasses Fell mag er nicht. Die attraktive Cocker-Spaniel-Dame des Dorfpfarrers von Langberg hingegen umso mehr. Ist die braune Hündin des Würdenträgers läufig, kennt der Herrgott kein Erbarmen. Dann heißt es: Obacht! Rudolfs feine Nase erschnüffelt den Duft der Lust über große Entfernungen. Nervös läuft er über den Steg, seine rosafarbene Liebeslanze weit ausgefahren. Legt ihn in diesem Zustand keiner von der Truppe an die Leine, gibt es für den Rüden kein Halten mehr und er sprintet wollüstig seinem Liebesabenteuer entgegen. Bis zum Anruf des Pfarrers, der Rudolf häufiger sieht, ist es nur eine Frage der Zeit. Bis zum Koitus schafft es der Fährhund nie. Am verschlossenen Zwinger ist Schluss für ihn. Arme Sau! Er kann einem schon leidtun. Meist sackt Gekko ihn schimpfend ein und bringt ihn zurück. Danach steht der Ausreißer unter verschärfter Beobachtung, bis sich sein Fieber wieder senkt, bis die Geilheit der Vernunft weicht. Er wird angeleint und am Steg festgemacht. Weil der Fährmann seinem treuen Gefährten das den ganzen Tag aber nicht antun möchte, bekommt Rudolf vorzeitigen Freigang. Diesen nutzt der hormongesteuerte Vierbeiner verständlicherweise zu gern für einen erneuten Fluchtversuch. Mit geducktem Kopf versucht er, sich vom Grundstück zu schleichen. Gelingt es ihm, klingelt wenig später wieder das Telefon.

Auch bei mir klingelt es – an der Tür. Es ist Ilse aus der zweiten Etage. Sie hält einen Teller mit Pflaumenkuchen in der Hand.

»Hallo Nachbar, Appetit auf Kuchen? Habe ich gerade aus dem Ofen geholt.«

Beim Thema Kuchen braucht man mich nicht zweimal zu fragen.

»Hmmm, den werde ich gleich verputzen. Komm doch mit rein. Ich koche Kaffee.«

»Das Angebot schlage ich nicht aus. Ich renne bloß noch mal runter und hole mir auch ein Stück.«

»Genau, dann setzen wir uns raus auf die Hollywoodschaukel und genießen das Leben.«

»Bis gleich.«

Ich schließe die Tür, gehe in die Küche und setze Kaffeewasser auf. Ilse und ich trinken ihn am liebsten aufgegossen. Wir teilen die Leidenschaft für guten Kaffee und selbstgebackenen Kuchen. Manchmal backt sie, manchmal ich. Während meiner Zeit beim Fährmann kümmerte sich Ilse um meine Terrassenpflanzen und die Post. Sie könnte meine Mutter sein und ist die einzige Person im Haus, der ich einen Schlüssel zu meiner Wohnung anvertraut habe. Gemütlich sitzen wir im Sonnenschein und lassen es uns schmecken. Kaffeeklatsch.

»Hefeteig, Pflaumen mit Streusel und Sahne obendrauf. So muss es sein! Ilse, schmeckt wie immer großartig. Sind das gekaufte Pflaumen?«

»Nee, habe ich von einer Freundin. Einen ganzen Eimer voll hat sie mir mitgebracht. Aus dem Rest koche ich Pflaumenmus. Davon bekommst du natürlich auch ein Glas oder zwei ab.«

»Ilse, ich sehe, wir verstehen uns! Meine Güte, hat dich vorhin auch der Laubbläser in den Wahnsinn getrieben. Das wird immer schlimmer.«

»Das kannste laut sagen! Die drehen doch am Rad. Man müsste denjenigen, der die Dinger erfunden hat, nachträglich noch einsperren.«

»Als ich Kind war, gab es die Dinger nicht. Bei meinen Eltern musste ich raus zum Laubfegen und -harken. Ich habe mich immer geärgert, wenn ein Windstoß kam und meinen gerade ordentlich zusammengefegten Laubhaufen auf dem Gartenweg wieder in alle Himmelsrichtungen verteilt hat. Aber so war ich wenigstens draußen und hab mit dem Wind gekämpft. Und wenn ich ihn besiegt hatte, kamen die Blätter in diese elastischen Fernsehsäcke. Kennste die? Vom VEB Kombinat Rundfunk- und Fernsehtechnik Burgstadt?«

»Kenne ich Jan, kenne ich. Hatte, glaube ich, jeder welche zu Hause hier.«

»Ich habe auch noch zwei unten im Schuppen liegen. Kannste für alles Mögliche gebrauchen. Hat mir mein Onkel geschenkt. Der hat da gearbeitet. Bei der Übergabe hat er mir gleich noch die passende Geschichte dazu mitgegeben. Passt zwar nicht zum Kuchen, aber ich erzähl sie dir trotzdem. Die Säcke waren, wie du bestimmt weißt, schwer begehrt zu DDR-Zeiten. Wurden oft auch geklaut. Besonders LKW-Fahrer von außerhalb haben regelrecht Jagd darauf gemacht. Im Betrieb gab es 'ne Putzfrau, Grete Scheuer. Ihr Name war Programm. Die hat die Klos geputzt und den Müll mit den ganzen Damenbinden immer in einen jener Fernsehsäcke getan. Einmal brachte sie den Sack zum Container, da fiel ihr ein, dass sie noch etwas vergessen hatte. Deshalb stellte sie ihn kurz auf dem Geländehof ab. Das muss einer beobachtet und gedacht haben, es seien nur Putzlappen oder Handtücher darin. Als sie wiederkam, war der Sack spurlos verschwunden. Der Dieb hat sich bestimmt gefreut über den Inhalt.«

Ilse lacht und sagt: »Mahlzeit! Aber mal was ganz anderes. Wann kommt Lisa denn mal wieder?«

»Morgen! Da hat sie frei. Meine Eltern haben uns zum Grillen eingeladen.«

»Falls wir uns nicht sehen, bestell ihr liebe Grüße.«

»Mach ich.«

»Ist das nicht herrlich, wie schön der Jasmin und die roten Geranien jetzt noch blühen?«

»Ja, und die Kräuter erst. Sehen alle noch gut aus. Die Blüten vom Basilikum streue ich als würzige Deko auf alle möglichen Speisen. Das macht was her. Falls du dir irgendwas mitnehmen möchtest, greif zu. Mein Garten ist dein Garten, so schön wie du den gepflegt hast während der drei Monate. Ich kann dir gar nicht genug danken.«

Ein Motorengeräusch unterbricht unsere Konversation und meine Lobpreisung für Ilses geleistete Nachbarschaftshilfe. Wir springen auf und gucken am Wandelröschen vorbei über das Geländer auf den Friedhof. Ein groteskes Bild offenbart sich uns.

Ilse sagt ungläubig: »Jetzt drehen sie durch!«

Die zuständige Firma für die allgemeine Grabpflege ist eingetroffen. Mit schwerem Gerät. Nein, diesmal ist es kein Laubbläser, es ist ein Laussauger! Ein Mitarbeiter hält mit beiden Händen einen dicken Schlauch, der zu einem geschlossenen Anhänger mit Sauganlage führt, und saugt das Laub von jedem einzelnen Grab ab. Jenes Laub, das der Friedhofswart kurz vorher mit seinem Bläser auf die Gräber raufgepustet hat.

»Realsatire. Das darfste keinem erzählen«, sage ich kopfschüttelnd.

»So! Kaffeekränzchen beendet!«, antwortet Ilse. »Ich mach' mich wieder runter. Und beim nächsten Mal erzählste mir ein bisschen was von deinem Abenteuer als Fährmann.«

Um mich auf meine erste eigene Fährfahrt vorzubereiten, begleite ich den Fährmann mehrmals am Tag und lausche, was er den Gästen so vertellt.

»Früher hat man die Leute hier noch mit dem Ruderboot rübergefahren. Da kam man mal hier mal dort an, je nachdem, wie viel der Fährmann vorher getrunken hatte.«

Oft stoppt er die Fähre in der Mitte des Sees und sagt: »Ach! Schön habters hier! Kennt ihr die Geschichte vom Teufel und seiner Brücke? Teuflisch, sage ich euch, teuflisch! Drüben auf dem Hollerkamm lebte einst ein Müller. Um seine Mehlsäcke schneller nach Landberg transportieren zu können, brauchte er unbedingt eine Brücke über den Juwelin. Also ging er einen Pakt mit dem Teufel ein. Der versprach ihm, einen festen Überweg zu bauen. Bis zum nächsten Hahnenschrei wollte er die Brücke vollenden. Als Gegenleistung verlangte der Pferdefuß die Seele des Müllers. Der schlug ein, fest davon überzeugt, dass selbst der Teufel ein solch großes Bauwerk nicht bis zum nächsten Morgen fertigstellen könne. Daraufhin legte der Deiwel los, das könnt ihr euch nicht vorstellen. Der warf dicke Eichenstämme über den See und schleppte riesige Steine ran. Die ganze Nacht ackerte er und baute und baute und baute. Im Morgengrauen kam der Müller zum See und machte solche Augen! Der Teufel hatte es fast geschafft. Er war gerade dabei, die letzten Steine zu besorgen. Und nun könnt ihr euch vorstellen, da hatte der gute Mann natürlich die Hosen gestrichen voll. Hätte ich auch gehabt. Aus Angst um seine Seele nahm er die Beine in die Hand, lief schnurstracks zu seiner Mühle, fing seinen Hahn ein und steckte ihn in einen Sack. Damit ging's im Eiltempo zurück zum Teufelswerk. Er hörte bereits das satanische Lachen in Vorfreude auf des Müllers Seele. Schweißüberströmt, das Höllenfeuer vor Augen öffnete der Mann den Sack und ließ seinen Hahn fliegen. Das Federvieh flatterte wild umher und bekundete seine wiedergewonnene Freiheit. Womit? Richtig! Mit einem lauten Kikeriki! Der betrogene Teufel wütete daraufhin mächtig. Mit seinem Pferdefuß zertrampelte er die Brücke. Alles zerbrach. Mit lautem Gerumpel fielen die Trümmer in den See. Er nahm einen Felsbrocken und warf ihn dem flüchtenden Müller nach, einmal komplett über den Juwelin bis auf die andere Seite vom Hollerkamm.«

Ein Kind glotzt den Fährmann staunend an.

»Was denn? Glaubste nich? Kannste glauben! So war das damals. Die Eichenstämme liegen noch immer dahinten am tiefen Grunde des Sees. Und guckt mal darüber, ungefähr 100 Meter links vom Fährhaus, am Ufer. Da seht ihr das, was vom teuflischen Steinhaufen übriggeblieben ist. Das ist kein Seemannsgarn. Ich schwöre! Wenn ihr drüben am Hollerkamm seid, wandert ruhig mal den Naturlehrpfad entlang. Dort könnt ihr euch den Felsbrocken angucken, den er geworfen hat. Man sieht auch heute noch die tiefen Rillen, die von des Teufels Klauen eingeritzt worden sind.«

»Und? Wurde der Müller vom Stein erschlagen?«, fragt eine Frau mit Rucksack.

»Oh, eine Fangfrage. Das ist nicht genau überliefert. Aber eher nicht. Sonst hätten die Geologen bestimmt schon sein Skelett unter dem Teufelsstein ausgegraben.«

Für Geologen ist der Hollerkamm ein wahres Mekka. Die Professoren der Universität Greifshain führen regelmäßig ihre Studenten dorthin. Wie der Fährmann seinen Gästen, erzählen sie ihnen Geschichten. Der Teufel kommt darin nicht vor. Die Kesselmoore inmitten des ursprünglichen Hochbuchenwaldes und der mächtige Felsbrocken mit seinen Rillen stehen geologisch eher als Beweis für die unglaublichen Naturgewalten während der letzten Eiszeit. Vor 15.000 Jahren breiteten sich die Gletscher vom skandinavischen Hochgebirge kommend bis hier her aus. Es wird vermutet, dass der zwei Meter lange und ein Meter hohe Granitblock aus dem Gebiet des heutigen Schwedens stammt. Derart weit hätte ihn selbst Satan nicht werfen können. Der Hollerkamm ist das Paradebeispiel eines Endmoränenzuges. Alles, worauf man dort steht, hat das Eis mit gewaltiger Kraft zusammengeschoben. Der schwarze Findling liegt direkt am Steilufer des anschließenden Sees, des Zunnsen. Das hat ihn über die Jahrhunderte davor bewahrt, menschlicher Verarbeitung zugeführt zu werden. So liegt er noch heute majestätisch dort, wo ihn der Gletscher aus seinen Fängen entließ. Der Zunnsen gilt unter Wissenschaftlern als glazialer Zungenbeckensee, als Wasserfläche, die am Rande des Gletschers entstanden ist. Der Juwelin hingegen ist ein glazialer Rinnsee, das Überbleibsel einer Schmelzwasserrinne unterhalb des Gletschers. Deshalb ist er auch so langgezogen und schmal. Man könnte ihn fast für einen Fluss halten, einen Fluss im wilden Kanada.

Ich sitze vorm Rechner und checke E-Mails. Mein Rangerfreund Hans hat mir geantwortet. Erst neulich hatte ich ihm Grüße geschickt und gefragt, wie es so läuft im Nationalpark Seelitz, was seine Bienen machen und wann wir mal wieder Honig schleudern.

Hallo Jan, alter Fährmann,

schön, von dir zu hören. Bei mir und den Bienen ist alles in Ordnung. Die Völker haben bereits eine gute Winterstärke. Die fressen sich einen schönen Eiweißpanzer an. Ich habe noch ein paar Gläser von der diesjährigen Sommertracht. Da schicke ich dir zwei zu, wenn du willst. Kannst auch vorbeikommen und sie dir abholen. Ansonsten gibt es nicht viel Neues aus'm Amt. Die Tütenkleber kleben eifrig Tüten, die Erbsenzähler zählen fleißig Erbsen. Wie immer. Nur eins ist traurig. Hermann und Trutchen wohnen jetzt in Altstielitz. Das Heckenwärterhaus steht leer, hat der Nationalpark übernommen. Hermann hatte einen Schlaganfall. Ihm geht es den Umständen entsprechend gut, aber in sein geliebtes Zuhause haben sie ihn nicht mehr gelassen. Deshalb hat Trutchen entschieden, dass sie in ihre Nebenwohnung nach Altstielitz ziehen. Siehste, Jan, nun ist das auch vorbei. Nun sind sie nicht mehr im

Wald bei ihren Muckerle, sondern hocken in der Stadt fest. Kannst froh sein, dass du das noch erlebt hast. Das wird es kein zweites Mal geben. Apropos, ich will im nächsten Jahr für eine Woche zum Bergwandern in die Karpaten. Da freue ich mich schon drauf. Bin gerade am Planen. Leider muss ich mir einen neuen Reisepartner suchen. Erinnerst du dich an Jana aus Potsdam? Die war mal mit beim Honigschleudern. Auf meinem Geburtstag war sie auch. Mit der habe ich schon einige Bergtouren durch. Wir wollten zusammen in die Karpaten, doch Jana ist Anfang Juli bei einer Expedition am Broad Peak in Pakistan ums Leben gekommen ...

Ich halte inne und erschrecke. Na klar, Mensch, Jana! Dunkles, schulterlanges Haar. Eine angenehme, lebensfrohe Frau. Tot? Ein Gefühl des Unbehagens überkommt mich. Ich kannte sie, fand sie sympathisch. Die Expedition am Broad Peak sagt mir etwas. Davon hatte ich erst gehört, vor meiner Abreise an den Juwelin, im Radio. Aber das hängt bestimmt nicht zusammen. Oder doch? Ich google Janas Namen, die Worte *Unglück* und *Broad Peak*. Was ich herausfinde, lässt mich ungläubig in meinen Stuhl sinken. Schon während meiner Zeit als Produzent bei Radio Burgstadt hörte ich privat gern den öffentlich rechtlichen Sender *RadioNummerEins*. Im Mai startete dieser einen Aufruf. Zum 20-jährigen Bestehen eines Outdoor-Ausstatters wurde die Jubiläums-Gebirgsexpedition zu dem berühmten Achttausender im Karakorum organisiert. Bergsteiger und Kletterer konnten sich beim Sender bewerben und um ihre Teilnahme wetteifern. Nur ein einziger Platz im Expeditionsteam wurde vergeben. Ich bin kein Bergsteiger. Deshalb nahm ich von dieser Aktion nur am Rande Notiz. Beim Fährmann geht die Nachrichtenversorgung gegen Null. Das Fährhaus ist ein technisch abgeschiedener Ort. Manchmal läuft das Radio. Abends sieht Gekko hin und wieder fern. Doch tägliche Neuigkeiten gehen hier nicht über den Äther. Das finde ich schön. Man ist medial abgeschieden in seiner eigenen Welt. Dort bekam ich vom Verlauf der Aktion nichts mit. Im Internet hingegen finde ich nun seitenweise Artikel über das Unglück. Sie bestätigen, was ich nicht glauben kann. Ausgerechnet Jana hat damals den Platz im Expeditionsteam gewonnen. In einem Zeitungsbericht steht, dass sich der tragische Unfall in einer Höhe von 4900 Metern ereignet hat. Zunächst hieß es, sie sei beim Abstieg in eine Gletscherspalte gerutscht. Dies wurde später widerufen. Ein Zeuge beschreibt eine Brücke aus Bambus, die über einen reißenden Schmelzwasserbach führte. Durch einen starken Rückgang des Eises sei sie extrem schief gewesen. Schon an den Tagen vor Janas Tod habe es dort brenzlige Situationen gegeben. Als sie die Brücke betrat, befand sich ihre Gruppe auf einer sogenannten Akklimatisierungstour. Bergsteiger steigen ein Stück auf und wieder zum Basislager hinab, um sich an das Höhenklima zu gewöhnen. Ein pakistanischer Begleiter habe nur noch »Accident! Accident!« gerufen. Am nächsten Tag fand man ihren leblosen Körper flussabwärts. Ein zufällig anwesendes Team aus österreichischen Bergrettern half bei der Bergung der Leiche. Die Expedition wurde sofort abgebrochen. Zwei Tage zuvor hatte Jana ihren 39. Geburtstag während des Aufstiegs gefeiert. Für sie war diese Reise die Erfüllung eines Lebenstraumes. Ein Armeehubschrauber brachte den Leichnam nach Skardu im Norden Pakistans. Von dort aus wurde er nach Islamabad und später nach Deutschland überführt.

Die Nachricht von Janas Tod stimmt mich traurig. Ich möchte mit jemandem darüber sprechen. Doch es ist niemand hier. Ich klicke auf *Antworten* und drücke Hans mein Beileid aus. Es ist das zweite Mal in diesem Jahr, dass ich durch das Internet von den Umständen des Todes eines mir bekannten Menschen erfahre. Vor sechs Monaten bekam ich eine ähnliche E-Mail. Eine australische Freundin fragte darin, ob ich die Nachricht von Gregorys Tochter bekommen hätte, es sei etwas Schlimmes passiert. Das hatte ich nicht. Bevor ich ihr zurück schrieb, recherchierte ich im Internet. Gregory und seine Frau Roxane kannte ich aus meiner

Zeit mit Tony und den Brush-Tailed Rock-Wallabies im Grampians-Nationalpark in Victoria. Sie liebten den Park und machten dort regelmäßig Urlaub mit ihrem Campingmobil. Zufällig entwickelte sich an einer Aussichtplattform ein Gespräch und wir freundeten uns an. Beide waren Mitte sechzig. Sie stammten aus der Küstenstadt Perth in Westaustralien. Einmal, vier Jahre wird es her sein, kamen sie auf Stippvisite nach Burgstadt. Gregory hatte deutsche Vorfahren. Leidenschaftlich forschte er in seinem Stammbaum. Holdtdorfer hieß er mit Nachnamen. Er wollte unbedingt nach Deutschland, um in den hiesigen Kirchenbüchern mehr über seine Ahnen zu erfahren. Auf der vierwöchigen Reise in die Familiengeschichte, statteten Roxane und er mir einen zweitägigen Besuch ab. Doch nun erschien in der Suchmaschine unter Gregorys Namen ein virtuelles Kondolenzbuch, gleich an oberster Stelle. Roxane schreibt darin von einem unfassbaren Trauma. Die Familie sei geschockt und in tiefer Trauer. Mit liebevollen Worten verabschiedet sie sich von ihrem Mann, der vor wenigen Tagen bei einem fatalen Unfall in Sydney ums Leben gekommen sei. Es lief mir kalt den Rücken runter. Ich suchte nach *Accident* und *Sydney*. Die angezeigten Fernsehbeiträge ließen Schreckliches erahnen. Am 1. Februar des Jahres starben zwei Männer in einem Flammeninferno, ein Mann aus Sydney und einer aus einem anderen Bundesstaat. Mehrere Menschen wurden schwer verletzt. Ein Tanklastfahrer verlor um 15:30 Uhr auf der Mona Vale Road die Kontrolle über sein Fahrzeug. Der Truck kippte um und explodierte. Er hatte 34.000 Liter Benzin an Bord. Der entzündete Treibstoff floss wie ein brennender Wasserfall die abschüssige Straße hinunter. Entgegenkommende Autos hatten keine Chance. Ich konnte es nicht glauben. Ich wollte es nicht. Es schien unvorstellbar. Gregory konnte nicht in diesen Unfall verwickelt gewesen sein. Wieso sollte er ausgerechnet zu diesem Zeitpunkt durch Sydney fahren? Wieso? Er lebt doch in Perth, am anderen Ende des Landes. Das war nicht möglich. Ich irrte. Die Tragik dieses Unglücks kannte keine Grenzen. Roxane und Gregory waren in Sydney. Sie besuchten gute Freunde, ein Paar in ihrem Alter, das sie auf einer Reise nach Übersee kennengelernt hatten. Gemeinsam fuhren sie am 1. Februar gegen 15:30 Uhr die Mona Vale Road entlang. Der Truck explodierte genau vor ihnen. Ihr Auto kam zum Stehen, doch die herabströmende Feuerwalze erfasste es. Roxane und ihre Freundin konnten durch das geistesgegenwärtige Eingreifen zweier Helfer gerettet werden. Sie wurden gerade noch rechtzeitig aus dem Auto gezogen und in Sicherheit gebracht. Von dort aus mussten sie mit ansehen, wie ihre Männer verbrannten. Beide schafften es zwar, sich aus dem Fahrzeug zu befreien, doch die tödliche Feuersbrunst holte sie ein. In wenigen Augenblicken wurden zwei Familien zerstört. Gregorys Tochter erfuhr von dem Unglück über das Radio. Sie befand sich ebenfalls an diesem Tag in Sydney – auf einer Tagung. Die Geschichte ließ mich fassungslos hinterm Rechner zurück. In den folgenden Berichten und Kommentaren wurde ein Schuldiger gesucht. War es Fahrlässigkeit? Ein technischer Fehler? Egal! Belanglos! Gregory war tot, verbrannt, verbrannt bei lebendigem Leibe. Dem Fahrer wurde vorgeworfen, er hätte das vorgegebene Tempolimit überschritten. Er sei viel zu schnell auf abschüssiger Straße gefahren, hätte die Zufahrtskurve eines Kreisverkehrs geschnitten, sei mit dem entgegenkommenden Verkehr kollidiert, ins Schleudern geraten, auf die Seite gekippt und explodiert. Der Fahrer, der das Desaster überlebt hat, gab schwerwiegende technische Mängel am Truck als Ursache für den Kontrollverlust an. Den Schuldigen wird ein Gericht bestimmen. Nach diesem Tag orderte die betroffene Firma alle Tanklaster von der Straße, was zu einer regelrechten Notsituation an den Tankstellen führte. Genieße das Leben, Jan Becker, genieße das Leben! Du brauchst keinen Glauben, du brauchst keinen Sinn, mach einfach das Beste draus – für dich und deine Umwelt. Das sage ich mir immer wieder. Ich halte Roxanes Antwort auf mein Trauerschreiben in den Händen. Betrachte das Foto von Gregory. Lege den Brief zurück in die Schublade meines Schreibtisches. Für heute habe ich genug, fahre den Rechner herunter. Der Tag fing laut an. Er endet in Stille. Durch die offene Terrassentür weht ein kühler Hauch. Er streift die Vorhänge, bringt sie zum Schweben. Die Kirchenuhr läutet den Abend ein. Ich zähle ihre Schläge. Wenn ich sie Tag für Tag höre, verschwindet sie irgendwann aus meiner Wahrnehmung. Mein Gehirn blendet das Läuten aus. Aber jetzt höre ich es wieder und lausche bewusst – nach meinem Sommer am Juwelin.

Ich esse Abendbrot auf der Hollywoodschaukel, sinniere vor mich hin, habe keine Lust fernzusehen, entzünde den Kerzenstummel in meiner Laterne. Das Seitenglas hat einen Sprung. Auf dem Friedhof leuchten Grablichter. Das tun sie Nacht für Nacht. Lange wunderte mich, warum ich nie jemanden sehe, der sie entfacht. Bis ich rausfand, dass es Grablichter heutzutage als Solar-LED-Kerzensimulation mit Dämmerungssensor gibt und niemand mehr abends mit Streichholz über den Friedhof rennt. Eine Fledermaus flattert an mir vorbei. Die sehe ich hier selten. Am Juwelin gibt es jede Menge davon, vor allem Wasserfledermäuse und Abendsegler. Der Fährmann besitzt einen Fledermausdetektor. Damit wandelt man die Ultraschalllaute in für Menschen hörbare Töne um. Es klingt ulkig, wenn Fledermäuse dem Detektor nahe kommen. Je nach Art und Anzahl dringt ein Stakkato von klickenden oder knackenden Geräuschen ins Ohr. Eine spannende Beschäftigung an lauen Abenden.

Ich fahre mit dem Ruderboot raus auf den See. Das Licht des Fährhauses spiegelt sich im schwarzen Wasser. Mein Schlafsack liegt neben mir. Nur noch ein Stück, dann ziehe ich die Ruder ein und werfe den Anker. Hier bleibe ich. Hier ist es gut. Genau in der Mitte. Keine Wolke. Nichts verdeckt die Sicht. Die Silhouette der Steilufer zeichnet sich vor dem tiefblauen Sternenhimmel ab. Ich sitze bequem und öffne ein Bier. Die Milchstraße ist zum Greifen nah. Satelliten fliegen vorbei, wie an einer Schnur gezogen. Ich hoffe auf Sternschnuppen, lege mich ins Boot, warte, werde nicht enttäuscht. Es sind die Tränen des Laurentius, pünktlich wie in jedem Jahr. Auf die ist Verlass. Mit dem Fernglas suche ich das Firmament ab. Sonnen über Sonnen. Galaxien über Galaxien. Schwer in Worte zu fassen dieses Universum. Es fordert meine Vorstellungskraft heraus, überfordert sie. Ein ewiges Mysterium – Vergangenheit, Gegenwart und Zukunft zugleich. Darauf: Zum Wohl! Gute Nacht Juwelin, gute Nacht Waldkauz, bis morgen früh.

Der Morgen graut. Nebel steigt aus dem See. Die Sonne wandert ins Boot. Ein Geräusch holt mich aus dem Schlaf. Kein lautes. Es hat eher einen heimlichen, vorsichtigen, Schabernack treibenden Charakter. Ich strecke meinen Kopf, öffne halb die Augen und sehe das Antlitz Jesu Christi im grellen Gegenlicht. Das gibt es doch nicht: Gekko! Der alte Schweinepriester hat sich in Schleichfahrt an mich ran treiben lassen und versucht gerade, meine Ruder zu klauen. Ich halte die Hand ins Wasser und verpasse ihm eine Dusche.

»Mist! Bist aufgewacht. Na ja, hätte klappen können. Dann hätteste `nen schönen Rückweg gehabt.«

So unverhofft wie Gekko gekommen ist, verschwindet er auch wieder. Ich rekele mich, pelle mich aus dem Schlafsack hervor. Meine Klamotten fallen zu Boden. Ein Sprung ins Wasser – herrlich! Eine Bahn hin, eine Bahn zurück, wieder ins Boot und ab zum Fährhaus, Frühstück machen. Das allmorgendliche Bad im Juwelin ist mir zu einem Ritual geworden. Ich stehe auf, binde mir mein Handtuch um die Hüfte, gehe raus, an den Ruderbooten vorbei, über den Bootssteg. Das Handtuch hänge ich an einen Holzpfahl. Ich klettere die Badeleiter hinunter und schwimme. Ist Rudolf in der Nähe, muss ich aufpassen, sonst bellt er los. Wackelt oder knarrt eine Bohle, kommt der Hund angerannt. Er kann es nicht leiden, wenn Leute ins Wasser gehen oder springen. Dann rennt er auf sie zu, stellt sich vor sie und bellt. Warum, das weiß niemand, nicht mal der Fährmann. Bei dem macht er es auch. Vielleicht hat er Angst, dass man untergeht. Rudolf kläfft bis man vollständig im Wasser ist. Dann gibt er Ruhe. Deshalb schleiche ich lautlos über den Steg. Der Morgen beginnt immer gleich und doch immer anders. Mit wechselnder Stimmung begrüßt mich der Juwelin. Er ändert seine Farbe, ändert seine Temperatur, wie die Umgebung es auch tut: Die Sonne scheint, es regnet, die Blätter rauschen im Wind, es ist still, das Wasser liegt wie ein Spiegel oder wirft sanfte Wellen, der Himmel ist wolkenlos oder bedeckt – ein ständiger Wandel. Das Gefühl, aufzustehen und hier zu sein, erdet mich. Kein Zivilisationslärm dringt in den Morgenstunden bis hier hin vor. Die Natur entscheidet, was ich höre, sehe, empfinde. Samtweich umhüllt der Juwelin meinen Körper. Die Qualität des Wassers sucht ihresgleichen. Der Fährmann dreht meist schon vor mir kraulend seine Standardrunde im See. Rechts vom Bootssteg liegt sein Revier. Gekko badet als Zweiter. Er springt kurz rein und gleich wieder raus. Ich fröne meinem sportlichen Ehrgeiz und schwimme bis zum anderen Ufer, dort 30 Meter entlang der überhängenden Schwarzerlen und wieder Richtung Steg. Zu uns gesellt sich Morgen für Morgen der Ober des herrschaftlichen Hotels vom Hollerkamm. Er ist ein Verfechter des Rückenschwimmens. Vom gegenüberliegenden Anleger aus startend zelebriert er seinen Schwimmstil. Mit Gemach. So planscht er bauchoben von Ufer zu Ufer. Nach der Erfrischung im See ziehe ich mir meine kurze rote Hose an. Die ist mein Markenzeichen. Damit sehe ich aus wie ein Rettungsschwimmer aus Malibu. Viele bezeichnen mich nur als den mit der roten Badehose. Sind die Zähne geputzt, rolle ich meinen Schlafsack und die Matratze zusammen. Wenn die ersten Gäste kommen, muss Ordnung herrschen und Platz sein in der Bootshalle. Dort schlafe ich auf dem Fußboden, hinter den Booten. Der Bootsverleih beginnt offiziell um 10 Uhr. Ein Standgerüst mit Paddelbooten befindet sich draußen, der Rest liegt geordnet im hinteren Teil des Fährhauses. Drei Betonstufen führen dort hinein. Hinter der Tür steht ein Schreibtisch am Fenster und darauf eine Kasse. Hier werden alle aufgeschrieben und abkassiert, die sich ein Boot ausleihen. An den Schreibtisch schließen sich ein Kühlschrank an, eine Küchenzeile, ein Gartentisch mit vier Stühlen, ein Sofa, ein Regal mit einem alten Fernseher, ein Wandschrank und die Müllecke für das Café, das durch eine Tür von der Bootshalle aus begehbar ist. Schwimmwesten hängen mit Kleiderbügeln an einer Leine. Ablagen und Schränke an den restlichen Wänden dienen als Stauraum. In einer Ecke stehen Angeln, in einer anderen Paddel, wasserdichte Tonnen und

Sitzkissen. Eine dritte Tür führt raus auf den Weg am Steilufer. Den Innenraum füllen zwei Metallgestelle aus Eisenträgern und -rohren, auf denen die Kajaks und Canadier für den Verleih liegen – dicht an dicht. Zur Flotte des Fährmanns gehören neben der Fähre, den Kanus und den Ruderbooten ebenso zwei Tretboote und ein Schlauchboot mit Elektromotor. Letzteres wird nur privat genutzt. Gekko und ich teilen uns die Bootshalle als Schlafgemach. Ich penne in meiner Ecke unterm Fenster, Gekko schlummert auf einem Klappbett in der Raummitte. Oft liegt jemand neben ihm, der ihn abgöttisch liebt: Rudolf. Rudolf hat zwar seinen eigenen Schlafplatz, sogar zwei, doch am liebsten nächtigt er zusammen mit Gekko auf dessen Matratze.

»Boah, hier stinkt's wie in ˋnem Kuhstall! Jungs, ihr solltet eure Schlafsäcke auslüften! Das ist besser für unser aller Gesundheit!«, hören wir den Fährmann manchmal schimpfen, wenn er durch unsere Schnarchhöhle marschiert und die Türen weit aufsperrt.

»Na Rudolf, biste wieder fremdgegangen? Zu mir wollteste ja nicht. Hab dich zweimal gefragt. Aber nachher wieder ankommen, das sind die Richtigen. Bleib man bei deinem Gekko.«

Während Hacki und Felix bei sich zu Hause übernachten, verbringt der Fährmann die Nächte in seinem Gartenhäuschen. Die Hütte steht ganz am Ende des

Fährgrundstücks, noch hinter dem Ständer mit den Paddelbooten und dem Schwimmsteg mit den Anlegern für die Ruderboote. Das ist sein heiliges Reich und Rückzugspunkt an stressigen Tagen. Auf den Holzbänken davor sitzen wir gern zum gemeinsamen Frühstück. Jeder hat seinen Stammplatz mit Blick auf den See. Der Kaffeeautomat kocht den Kaffee, ich die Eier – auf die Minute genau. Hacki kommt mit dem Auto aus dem Nachbardorf und liefert frische Brötchen vom Supermarktbäcker. Felix legt mit dem Ruderboot an. Damit fährt er abends rüber zum Hollerkamm. Dort steht das reetgedeckte Wohnhaus der Familie. Wurst vom Fleischer, Käse und selbstgemachte Marmelade von Felix' Mutter, ihres Zeichens auch Fährmannsfrau, stehen auf dem Tisch. Ein ausgiebiges Frühstück beginnt. Das ist genau nach meinem Geschmack. Danach kann die Arbeit beginnen. Gegen 10 Uhr kommen die ersten Urlauber und tragen ihr Begehr vor, mit der Fähre oder einem Boot fahren zu wollen. So sieht der Idealfall aus. Das klappt nicht jeden Tag. Doch wir versuchen, immer in Ruhe zu frühstücken.

Diesem Motto folge ich auch in Burgstadt. Noch etwas frischen Schnittlauch und Basilikumblüten von der Terrasse holen und das Schmücken der Frühstückstafel ist vollendet. Lisa ist auf dem Weg zu mir. Wir sind zum späten Morgenschmaus verabredet. Gleich müsste sie da sein. Komisch, habe heute noch gar keinen Laubbläser gehört. Die Eieruhr piept – präzise nach 6 ½ Minuten. Cremig weich, so mögen Lisa und ich das Eigelb. Ich schrecke die Eier ab. Sie stammen von Ilses Sohn Peter. Der hält sich Hühner. Ich bekomme die Ware frei Haus geliefert. Ilse besucht ihn regelmäßig und nimmt meine Bestellungen auf. Laut Ilse leben Sohnemanns Hennen im Hühnerparadies. Sie können rein und raus, scharren, wühlen, picken und fröhlich vor sich hin gackern. So köstlich wie die Eier schmecken, glaube ich das. Peter muss sein Federvieh regelrecht verwöhnen. Lisa verputzt davon zwei oder drei, hintereinander weg. Wir haben noch nie schmackhaftere Eier gegessen. Beim Fährmann ist Gekko der Lieferant. Der hat seine Quellen in den umliegenden Dörfern. Die Eier schmecken am Juwelin sehr gut, aber an die Güteklasse von Peters Lieferungen reichen sie nicht heran.

Lisas Auto rollt auf den Hof. Ich erkenne es am Motorengeräusch. Die Aufregung steigt. Im Flur postiere ich mich lasziv auf der Holztruhe. Der Fahrstuhl fährt hinauf. Ich richte noch mal alles, forme einen Knutschmund und ziehe die linke Augenbraue nach oben. Der Sesam öffnet sich. Meine Körperhaltung ist unwiderstehlich. Das findet auch meine Nachbarin Ute, die aus dem Fahrstuhl tritt und vor Schreck ihre Einkaufstasche fallen lässt. Ich springe hoch.

»Ups! Hallo Ute, das ist ja ´ne Überraschung. Was machst du denn hier? Hast du heute keinen Dienst in der Apotheke?«

»Hallo Jan, das machst du also, wenn ich nicht da bin, verführerisch auf der Truhe liegen.«

»Ich dachte, du wärst Lisa. Eigentlich habe ich mit ihr gerechnet.«

»Ja, sie kommt auch gleich hoch. Ich wollte die Fahrstuhltür noch aufhalten, als ich sie sah, aber es war schon zu spät. Dann leg dich schnell wieder hin. Der Fahrstuhl fährt schon wieder. Ich verschwinde. Und, ich habe heute übrigens Spätschicht.«

Ute hebt ihren Einkauf hoch und hechtet in ihre Wohnung. Nur sie und ich wohnen in der obersten Etage. Ich sehe sie selten zu dieser Stunde im Haus. Wir grüßen uns nett und nehmen Pakete füreinander an, ansonsten macht jeder sein eigenes Ding.

Der Fahrstuhl kommt ein zweites Mal.

»Oh! Guten Morgen Herr Becker. Ist das mein Frühstücksbuffet, was ich da vor mir sehe? Oder was? Brauchst doch nicht gleich rot zu werden, du heißes Mäuschen.«

Lisa kann mit ihrer tiefen Stimme sehr erotisch klingen. Ich spüre die Hitze in meinen Wangen. Sie glühen noch nach von der peinlichen Begegnung mit Ute. Wir geben uns einen Kuss und umarmen uns.

»Schön, dass du da bist, du noch viel heißeres Mäuschen.«

»Geflirtet wird später! Ich habe schon einen Monsterhunger!«

»Na dann, nichts wie rein und rann an den Speck. Wir essen drin, weil es nach Regen aussieht. Kann auch vorbeiziehen, aber sicher ist sicher.«

Wie aus dem Nichts treibt eine senkrechte Wand auf uns zu. Sowas habe ich noch nicht erlebt. Man kann genau sehen, wie sie sich von Süden über den See schiebt. Die Tropfen ziehen eine gerade Trennlinie zwischen beiden Ufern. Dahinter regnet es in Strömen und das Wasser kocht, davor ist alles friedlich. Auch Wind ist kaum zu spüren. Das laute Prasseln kommt zügig näher.

»Alles in Sicherheit bringen!«, ruft der Fährmann.

Ich schließe die Sonnenschirme. Gekko dreht die Boote um. Die Besucher flüchten ins Café zu Hacki, der Fährmann, Felix, Gekko und ich ins Bootshaus. Einige Paddler suchen Schutz unter Bäumen. Manche retten sich zum Steg. Wir rennen wieder raus, um ihnen zu helfen.

»Jetzt aber hinne! Gleich geht die Welt unter«, sage ich hastend.

Der Wind kommt. Die Front schlägt zu. Klitschnass

laufen wir wieder unters Dach. Nun heißt es: Abwarten. Zwei weitere Paddler kommen zurück. Wir helfen auch ihnen, sind ja eh nass. Die Bootshalle füllt sich. Es donnert. Das Fährhaus wackelt. Ich liebe solche Naturschauspiele. Ein richtig schönes Sommergewitter! Der Wasserpegel in den Ruderbooten steigt an. Mit hochrotem Kopf ist Hacki im Café am Rotieren. Der Fährmann eilt ihm zur Hilfe. Die Bude ist vollgestopft mit wasserscheuen Touristen. Es hat sich schlagartig abgekühlt. Nun wollen alle etwas Warmes. Uns harten Jungs hinten macht das nichts. Wir stehen weiter mit freiem Oberkörper und gucken aus dem Fenster, scherzen mit den Paddlern. Der Spuk ist bald vorbei. Von den Bäumen tropft es noch eine Weile nach. Die Menschen trauen sich wieder raus, die Sonne auch. Die Paddler paddeln weiter. Beschlagene Fenster im Café. Hacki kommt durch die Tür nach hinten.

»Hui, dat war was. Jetzt muss ich mich erst mal ausruhen. Dat is' ja wie inner Sauna. Ich schwitze wie ein dicker Dinosaurier. Aber gleich geht dat wieder. So isses nich'.«

»Ja, Hacki, mach erst mal Maske«, antwortet Felix, »sonst kriegen die Leute Angst, wenn sie dich sehen.«

Der Fährmann, Gekko und ich sind draußen und schöpfen Wasser aus den Ruderbooten. Die Fähre hat eine Pumpe, aber die Ruderboote werden per Hand ausgeschöpft. Eine wichtige Disziplin! Das muss man draufhaben! Ratzfatz hat das zu gehen, nach jedem stärkeren Regen. Der Fährmann musste bei seinem Vorgänger drei Jahre lang Boote ausschöpfen bevor er den Fährbetrieb übernehmen durfte.

»Seefahrt ist kein Zuckerschlecken, Jan!«

Seine Technik hat er mir beigebracht. Ich knie mich auf das Heck, in die Ecke, damit das Boot vorne schräg hochgeht und das Wasser sich hinten sammelt. Dann hebe ich den Lattenrost an, halte ihn mit der linken Hand fest und stütze mich gleichzeitig darauf ab. So habe ich die rechte Hand frei. Damit schnappe ich mir die Schöpfkelle und schöpfe eifrig das Wasser an meiner rechten Schulter vorbei. So ist das Boot im Nu leer.

»Ach, die guten Anka! Unsinkbar und unverwüstlich sind die. Ich bin froh, dass ich die noch habe. Die besten Ruderboote, die jemals gebaut wurden.«

Zehn Stück hat der Fährmann im Verleih. Früher waren es mehr. Ein paar hat er verkauft. Die Anka kennt jeder, der in der DDR aufgewachsen ist. Sie war der Trabant der Seen – robust, aus Kunststoff, eine Legende. In der Einzahl müsste sie eigentlich **der** Anka heißen. Die Abkürzung steht für **An**gel**ka**hn. Doch Schiffe und Boote werden traditionell in der weiblichen Form benannt. Die VEB Yachtwerft Berlin hat 1968 damit angefangen, Ruderboote aus glasfaserverstärktem

Kunststoff zu bauen. Später stiegen andere Volkseigene Betriebe mit ein, denn die Nachfrage stieg rasant an. Der Volkskahn kostete damals 1.450,- DDR Mark. Das war eine Menge Geld. Aber die Boote sind und waren unverwüstlich. Im Bug und im Heck haben sie Hohlräume für den Auftrieb. Sie können nicht untergehen. Auf jedem Tümpel schipperten sie bald umher – ein wirtschaftliches Dilemma für den Osten. Kapitalistische Preissteigerungen gab es in der Deutschen Demokratischen Republik nicht. Änderte sich nichts an der Qualität eines Produktes, änderte sich auch an dessen Preis nichts. Nur wenn ein Produkt wesentlich besser wurde, wurde es auch teurer. Doch die Anka war von Anfang an perfekt. Es konnte nichts verbessert werden. Deshalb blieb ihr Preis bei 1.450,- DDR Mark. Gegen Ende der Honecker-Ära kostete die Herstellung allein schon über 2.000,- DDR Mark! Die Planwirtschaft ging unter, die Anka nicht!

Die Angelkähne des Fährmanns sind außen dunkelgrün, innen hellblau und haben braune Ruder. Nach dem Ausschöpfen fetten wir gleich noch die Ruderlager. Ein beleibter Mann betritt den Steg. Er will sich eine Anka ausleihen. Der Fährmann klettert zu ihm hoch.

»Gib ihm mal die 6, Jan. Aber wisch vorher noch die Sitzbank trocken. Dann kommse mal mit junger Mann. Was muss ich bei dir aufschreiben, sach ma'?«

»Holger Schiffer.«

»Na bitte, der Name passt doch. Aber nicht verwandt mit Claudia, oder?«

»Nee.«

»Schade. Die hätteste sonst auch mal mitbringen können.«

Sie gehen ins Bootshaus. Der Fährmann schreibt den Namen, die Bootsnummer und die Abfahrtszeit auf.

»Wenn du wieder da bist, tragen wir dich aus und dann sehen wir, wie viel du geschafft hast. Ruderboote kosten 5,- Euro die Stunde, zwei Stunden 8,- Euro und immer so weiter. Teurer als 15,- Euro wird's nicht. Soviel kostet ein ganzer Tag. Also, denn ma' gute Fahrt und Schiff ahoi, Herr Schiffer!«

Wie angeordnet übergebe ich unserem Gast Boot Nummer 6. Er steigt ein. Den Kahn drückt es nach unten. Ich lasse die Leinen los und gebe ihm mit den Armen einen leichten Schub. Mit eingeholten Rudern gleitet die Anka aus ihrer Parkposition. Holger Schiffer holt die Ruder heraus und rudert mit dem Heck voraus. Seine Sitzposition ist völlig in Ordnung, trotzdem wirkt es nicht so, als würde er absichtlich falsch rudern.

»Andersherum!«, rufe ich ihm zu.

Er lässt die Ruder los, dreht sich auf der Sitzbank um, will weiterrudern und fällt nach hinten über. Krachbumm!

Ich schlage mir mit der Hand an die Stirn.

»Idiot«, säuselt Gekko und lacht sich ins Fäustchen.

»Ich meinte, andersherum rudern, nicht, umdrehen!«

Die Schildkröte im Boot kämpft sich wieder hoch.

»Ach so, hä hä, danke!«

Als er seine Orientierung wiedergefunden hat, rudert er wie es die Erfinder des Ruderbootes vorgesehen haben.

Unser Frühstück ist beendet. Geregnet hat es nicht. Lisa setzt sich auf das Sofa und macht die Beine lang. Ich setze mich zu ihr.

»Jan, das hast du richtig gut gemacht! Nun muss nur noch die Minna kommen und abräumen.«

»Die ist leider krank.«

»Hach! Immer, wenn man die mal braucht, ist sie krank. So geht das nicht.«

»Das machen wir später. Erst mal verdauen. Ach ja, heute Nachmittag sind wir bei meinen Eltern zum Grillen eingeladen.«

»Schön. Verhungern werden wir also nicht.«

»Nee. Bei Ebay verkauft übrigens einer Schwimmkörper aus Aluminium. Sehen gar nicht schlecht aus die Dinger. Sind 5,50 Meter lang. Wollen wir da zuschlagen? Du weißt ja, wer nicht wagt, der nicht gewinnt. Müssten nur gucken, wo wir die lagern.«

Lisa und ich haben einen Traum: ein eigenes Floß. Im Frühling hat die DNG, die Deutsche Naturschutz Gemeinschaft, unter ihren Mitgliedern eine Tour auf der Havel ausgelost. Dort wird momentan das größte Renaturierungsprojekt Europas vollzogen. Der komplette Unterlauf wird zurückgebaut, künstliche Steinwälle und andere Befestigungen an den Ufern abgebaggert. In zehn Jahren soll die Untere Havel wieder ein lebendiger Fluss sein, ein Naturparadies für Mensch und Tier, ein Zufluchtsort für über 1.000 Arten. Man setzt Deiche zurück, schließt Altarme an, schenkt dem Fluss seine ursprünglichen Überflutungsflächen. Flutrinnen werden aktiviert, Auenwälder begründet. Die Lebensader soll wieder frei atmen und uneingezwängt mäandern können. Um presse- und medientauglich auf dieses Projekt aufmerksam zu machen, wurde eine achtwöchige Floßfahrt von der DNG geplant und organisiert. Vom Quellgebiet bis zur Mündung erstreckte sich die Route. Pro Woche sollte die Besatzung wechseln, jeweils bestehend aus zwei Mitarbeitern der DNG und zwei Mitgliedern – acht Wochen gleich acht Mannschaften. Ich bin zahlendes Mitglied und bekomme vierteljährlich das DNG-Magazin. Als ich von der Aktion las, war ich sofort Feuer und Flamme. Ein Abenteuer nach meinem Geschmack. Ich bewarb mich und sah mich schon glücklich als Havelberry Finn. Dass es klappt, hatte ich gehofft, überrascht hat es mich trotzdem. Ich wurde gleich für die erste Woche der Flussreise ausgelost. Pünktlich zu deren Start zog ein stabiles Hoch über Mecklenburg. *Wenn Engel reisen. DNG-Floß-Tour startet bei bestem Sonnenschein* lautete die Überschrift des ersten Zeitungsartikels. An Bord der „Großen Bärin" befanden sich Alma und Hannah, Leiterinnen der Öffentlichkeitsarbeit bei der DNG, Horst, Hobbyornithologe aus Thüringen, und ich, Jan Becker, Abenteurer aus Burgstadt. Die „Große Bärin" ist 8 Meter lang und 3 Meter breit. Das Floß besteht komplett aus naturbelassenem Holz. Die Wohnkabine ist geräumig, das Vordeck groß. Ein Biber, ein Buntspecht und weitere Holzschnitzereien beleben die Bordwand. Mit ihrem 8-PS-Antrieb ist sie leicht untermotorisiert, aber so darf sie jeder ohne Bootsführerschein fahren. Zur Verfügung gestellt wurde unsere schwimmende Unterkunft von Katrin und Mathias, einem jungen, der hiesigen Flora und Fauna verbundenen Ehepaar. Ihr kleiner Familienbetrieb verleiht Kanus und Naturflöße und schickt Urlauber damit auf Entdeckungstour durch die wilde Heimat.

»Horch«, sagte Horst zu mir, »da vorne sitzt einer im Schilf mit `ner leeren Bierflasche und pustet rein.«

Mir war klar, worauf er hinaus wollte.

»Horst, mich kannst du damit nicht veralbern. Ich war drei Monate Praktikant im Nationalpark Seelitz. Ich kenne die Rohrdommel.«

Wir trieben an einem breiten Schilfgürtel vorbei.

»Die Rohrdommel gehört zur Familie der Reiher. Die dumpfen Töne sind die Balzlaute des Männchens, kilometerweit zu hören. Deshalb bezeichnete man den Vogel früher auch als Moorochse. Horch! Da dommelt wieder einer und will die Damenwelt beeindrucken.«

Ich lauschte dem Ruf des Tieres und Horsts Ausführungen. Einiges von dem, was er zu erzählen hatte, wusste ich noch nicht.

»Die könnte jetzt genau vor uns im Röhricht stehen und wir würden sie trotzdem nicht sehen. Das Muster des Federkleides imitiert perfekt Licht und Schatten. Und wenn man ihnen zu nahe kommt, nehmen sie die Pfahlstellung ein. Rohrdommeln strecken sich lang und schwanken wie das Schilf. Ihre Längsstreifen sehen dann aus wie einzelne Schilfhalme. Das machen sogar schon die kleinen Nesthocker. Können noch nichts, außer fressen, aber die Pfahlstellung haben sie schon drauf. Tarnung ist alles.«

Ein Eisvogel piepte laut und flog vor unseren Nasen über die Wasseroberfläche. Sein glänzendblaues Gefieder erstrahlte in der Sonne.

»Mensch, das ist ja hier ein richtiges Vogelparadies«, staunte Horst, »und jetzt erzähle ich dir noch was Schönes, Jan. Guck mal da vorne, da ist so eine sandige Steilwand, die mit dem kleinen Überhang. Da hat der Kollege bestimmt seine Bruthöhle. Bei den Eisvögeln führen enge Röhren dahin. Die graben sie bis zu einen Meter weit in den Sand. In Lehmwänden und Wurzelballen von umgekippten Bäumen brüten sie auch. Da sitzen jetzt bestimmt schon ein paar Junge drin, nackt und blind.«

»Wie viele Eier legt denn ein Eisvogelweibchen?«

»In der Regel sechs bis acht. Und während der eine Altvogel hudert, füttert der andere.«

»Hudert? Was bedeutet das denn?«

»Entschuldige, das ist ein Fachbegriff unter Vogelkundlern. Hudern heißt, dass der Brutvogel seine Nestlinge unter seinem Bauchgefieder oder den Flügeln schützt und wärmt. Jemanden unter seine Fittiche nehmen, das Sprichwort kommt da her. Der eine hudert also und der andere füttert. Und jetzt kommt's! Bei den Eisvögeln gibt es ein sogenanntes Futterkarussell. Geniale Erfindung der Natur. Solange die Kleinen in der Bruthöhle gefüttert werden, sitzen sie quasi im Kreis. Immer nur einer direkt am Eingang. Wenn der seinen Fisch bekommen hat, rückt er einen Platz weiter und der nächste vors Loch. So ist alles gerecht und jeder kommt dran.«

»Ha, witzig, Futterkarussell, das merke ich mir.«

Während Horst mich ornithologisch weiterbildete schrieben Alma und Hannah Berichte für die Presse.

Ornithologisch hat auch Gekko einiges auf dem Kasten. Also, nicht wirklich. Er ist kein Vogelkenner, aber er kann pfeifen, zwitschern und tirilieren. So gut, dass sogar Amsel, Drossel, Fink und Star neidisch den Hut ziehen. Dieses Talent verdankt er seiner ausgeprägten inneren und äußeren Zungenmuskulatur. Zudem unterstützt eine schmale Lücke zwischen Gekkos Vorderzähnen die Klangbildung. Über Jahre hat er das Organ zwischen seinen Kiefern trainiert. Und nun kann er trällern wie eine Nachtigall, ebenso laut. Um das Fährhausgelände spannt sich ein grüner, hüfthoher Maschendrahtzaun. Dahinter verläuft der Wanderpfad um den Juwelin. Einen Heidenspaß macht es, Gekkos Pfeifkunst zu missbrauchen und Urlauber zu veralbern. Sie fallen jedes Mal darauf rein. Ist wenig los am Fährhaus sitzen wir meist hinten am Steg und warten. Wandern Touristen vorbei, versteckt sich Gekko und zwitschert in den höchsten Tönen. Die Wanderer bleiben stehen und gucken. Ich stelle mich hin und starre mit ihnen suchend in die Luft.

»Ah! Da isser!«, rufe ich und zeige mit dem Finger in die Bäume.

Unsere Opfer suchen verzweifelt, finden aber nichts. Kein Piepmatz zu sehen. Manche packen sogar ihr Fernglas aus. Wenn sie aufgeben und weitergehen wollen, zwitschert Gekko erneut. Wieder zeige ich in die Baumkronen.

»Jetzt sitzt er da! Nein, dort!«

Die Köpfe rotieren.

»Schade, jetzt isser weg. Das ist Pech.«

Nach diesen Worten gehe ich rein und sehe zu, wie die Reingelegten schulterzuckend und verwirrt davon stiefeln.

Auf der „Großen Bärin" hatte Horst ein Vogelbestimmungsbuch mit Hörstift dabei. Eine tolle Erfindung! Der Hörstift sieht aus wie ein überdimensionaler Kugelschreiber, ist aber in Wirklichkeit eine Kombination aus Scanner, MP3-Player und Software. Berührt man mit dem Sensor den Code auf den Buchseiten, spielt der Stift die zum Bild passende Vogelstimme über Lautsprecher ab. Die Klangqualität ist hervorragend. Alma und ich alberten oft mit dem Hörstift rum. Wir scannten verschiedene Vögel, hielten ihn hinter unseren Rücken und ahmten mit dem Mund das Zwitschern nach. Täglich gab es Termine einzuhalten: Treffen mit Medienvertretern, Besuche bei alteingesessenen Anwohnern der Havel, Interviews mit Havelfischern und Biologen. Wir schleusten, ankerten, manövrierten und schipperten von See zu See, vorbei an Wäldern, Wiesen, Kirchen, Stränden, Dörfern, begleitet von Bibern, Kranichen, Fischottern und Adlern. In der letzten Nacht vor dem Mannschaftswechsel grillten wir auf dem Vordeck Fisch. Die Abendsonne ließ rotes Licht auf unsere Gesichter fallen. Der Barsch vom Havelfischer schmeckte hervorragend, eine Gaumenfreude. Mit Chardonnay stießen wir auf uns, die Tour und den Fluss an. Die „Große Bärin" war uns eine gute Freundin geworden. Sie brachte uns durch warme Tage und kalte Nächte. Eine erlebnisreiche Woche hatte sie uns beschert. Zum Abschluss knipsten wir ein Mannschaftsfoto und pinnten das Polaroid ans Holz. Erst spät rollten wir in der Kajüte unsere Schlafsäcke auf dem Boden aus. Wir bekamen Besuch in dieser Nacht, ungebetenen Besuch. Das Floß lag fest vertäut an einem Steg. Ein lautes Scheppern weckte uns. Mit der Taschenlampe strahlte ich durch den Ausguck. Es war der Zorro der Wälder, ein Waschbär. Er ließ sich von unseren neugierigen Blicken nicht stören. Die Fischreste hatten ihn angelockt. Der Waschbär durchsuchte den Müllsack und zog die Barschgräten heraus. In unserer Weinlaune hatten wir vergessen, uns um die fachgerechte Entsorgung des Abfalls zu kümmern. Das kam dem maskierten Pelztier gerade recht. Auf Mecklenburger Campingplätzen ist der Waschbär ein vielgeliebter Gast. Schon manch ein Zeltbewohner hat nächtliche Bekanntschaft mit ihm gemacht. Die cleveren Tiere durchwühlen alles, was ihnen in die Vorderpfoten kommt. Auf der Suche nach einer schmackhaften Mahlzeit zerreißen sie Müllsäcke, öffnen Tonnen, wühlen und randalieren. Das Chaos ist vorprogrammiert. Es gab schon Camper, die hatten am zweiten Urlaubstag nichts mehr zu essen, weil sie ihre Vorräte über Nacht im Vorzelt lagerten. Da kennt der Waschbär kein Mitleid. Er ist ein Räuber, der Räuber mit der Maske. In Deutschland gibt es zwei Populationen dieses Räubers – Ossis und Wessis. Waschbären stammen ursprünglich aus Nordamerika. Bei uns wurden sie eingeschleppt. Am Edersee in Hessen wurden 1934 zwei Paare ausgesetzt. Ein Geflügelzüchter wollte die heimische Fauna um ein neues Pelztier bereichern. Sein Forstmeister ließ sie frei und die putzigen Neozoen vermehrten sich wie Schmitz' Katze. Das sind die westdeutschen Waschbären. Die ostdeutschen Schupps, wie der Waschbär altertümlich genannt wurde, konnten 1945 bei einem Bombenangriff in Brandenburg entfliehen. Etwa zwei Dutzend Gefangene büxten bei dem Treffer des Waschbärengeheges aus. Die innerdeutsche Grenze hielt offenbar nicht nur die Menschen, sondern auch die Tiere von einander fern. Erst Jahre nach dem Mauerfall stellten Wissenschaftler erstmalig die Vermischung der Genetik beider Populationen fest.

Als das achtwöchige Havelabenteuer sein Ende fand, suchte die DNG jemanden, der Zeit und Lust hat, das Floß von der Mündung flussaufwärts zu schippern. Die „Große Bärin" sollte innerhalb einer Woche an ihren Ursprungsliegeplatz rückgeführt werden. Ich hatte nichts Besseres zu tun und bekundete frühzeitig starkes Interesse an der Rückführung. Prompt bekam ich den Zuschlag. Ein Wasserfahrzeug dieser Größe darf nur zu zweit manövriert werden. Und so kam Lisa ins Spiel. Kurzentschlossen stieg sie mit an Bord. Meine Freundin brauchte keinen Urlaub, nein, sie verkaufte die Tour ihrem Arbeitgeber, der Zaster Bank, als Geschäftsreise. Lisa ist Incentive-Verantwortliche des Unternehmens und für die Motivation der Premiumkunden ist eine Floßtour auf der Havel doch genau das Richtige.

Seither schmieden Lisa und ich Pläne für den Bau eines eigenen Floßes. Der Erwerb der Aluminium-schwimmkörper wäre der erste Schritt. Ich werde dem Anbieter schreiben.

»Wollen wir eine Runde über den Friedhof gehen?«, fragt Lisa.

Das machen wir oft. Wie ein altes Ehepaar spazieren wir von Grab zu Grab. Der Südfriedhof ist reich bewachsen. Seine Wege sind eng bis auf die zwei kreuzförmig verlaufenden Hauptgänge. Efeu erklimmt die Kapelle aus Backstein. Eine Allee aus Birken führt von dort aus zum Haupttor. Einfache Gräber stehen Stein an Stein. Vereinzelt durchbrechen Grabplatten und Kreuze das Muster. Nur wenige Ruhestätten stechen durch Statuen, Stelen oder Säulen heraus. Die quadratische Grünfläche im Zentrum dient als Anlage für Urnengemeinschaften. Auf ihr wacht eine alte Fichte mit Fledermauskästen.

Eine Trompete ertönt. Weitere setzen ein. Wir lauschen den Klängen. Die Melodie ist Lisa und mir unbekannt. Sie klingt kirchlich, feierlich. Das Bläser-Quartett steht vor einem blumengeschmückten Grab. Die Männer spielen drei Lieder. Dann senken sie ihre Instrumente, reden miteinander und gehen. Ich erzähle Lisa von Hans' Nachricht und dem Unglück, das Jana widerfahren ist. Hand in Hand lesen wir die in Basalt gemeißelten Namen um uns herum und philosophieren über das Leben und den Tod.

»Hast du von der Frau im Harz gehört?«

Ich schüttele den Kopf. Lisa erzählt mir, was auf ihrer Fahrt nach Burgstadt im Radio berichtet wurde. Auf einer engkurvigen Straße hätte sich der Unfall ereignet. Die schlecht gesicherte Ladung eines Lieferwagens sei die Ursache gewesen. Laut des Berichtes fuhr eine Pfarrerin mit ihrem Auto auf einer Landstraße zur Kirche. Ein Transporter, beladen mit ungravierten Grabsteinen, befand sich auf dem Weg zum Steinmetz. Er kam der Frau entgegen. In einer Biegung löste sich ein Stein, wurde von der Ladefläche geschleudert und schlug in die Fronscheibe des Autos ein. Die Frau war sofort tot.

Ich sehe Lisa ungläubig an und sage: »Meine Güte, das ist makaber. Da bekommt der Begriff Grabstein eine ganz neue Bedeutung. Jetzt kann der Steinmetz gleich ihren Namen einritzen.«

Vor uns liegt das Grab der Eheleute Rhode. Astern und Chrysanthemen schmücken es. Ich beginne theatralisch zu reimen.

»Franz und Hilde Rhode kamen grauenvoll zu Tode.«

Lisa sieht mich an. Sie schmunzelt. Auf der sich anschließenden Ruhestätte steht der Name Driefer.

»Lutz und Karin Driefer wurden erschlagen von 'ner Kiefer.«

Ein humoristischer Wettstreit nimmt seinen Lauf. Abwechselnd lesen wir Namen für Namen und machen uns einen Reim darauf, unter welchen Umständen die Verstorbenen das Zeitliche gesegnet haben.

»Egon Rolli … verschluckte einen Lolli.«

»Pfarrer Heidenreich … ertrank im Ententeich.«

»Helga Zwick … war viel zu dick.«

»Familie Uckerbock … erlag 'nem Zuckerschock.«

»Klaus Emil Junker … starb im Führerbunker.«

Lisa ist an der Reihe. Doch sie schweigt, starrt stattdessen nach oben.

»Guck mal, was ich entdeckt habe, Jan!«, flüstert sie.

Ich gehe zu ihr und folge ihren Blicken. Über unseren Köpfen sitzt eine Waldohreule. Sie dreht ihren Kopf und sieht uns mit großen Augen an. Das Tier scheint unbeeindruckt im Gegensatz zu uns. Ich hätte den Vogel übersehen. Zum Greifen nah, doch gut getarnt, sitzt die Eule im Nadelholz. Am Wurzelstock des Baumes kleben weißgraue Kotkleckse, die Lisa haben aufschauen lassen. Ich zolle meiner Freundin Respekt und prophezeie ihr eine große Karriere als Spurenleserin. Wir betrachten die Waldohreule noch ein Weilchen, dann lassen wir sie in Ruhe, spazieren und reimen weiter.

Fischer Klee versank im See, im Arm hielt er eine junge Fee – diese Worte hätten Platz auf einem Grabstein in Landberg finden können. Eine wahre Geschichte steckt dahinter. Eine Geschichte, über die noch heute viel spekuliert wird. Vor Jahren starb Fischer Klee im Zunnsen. Er schipperte mit seinem Kahn durch sein Revier und holte Netze ein. Seine Praktikantin Sabine half ihm dabei. Die Sonne ging unter, doch sie kehrten nicht heim. Am nächsten Tag trieb das Fischerboot führerlos auf dem Wasser. Wie ein Geisterschiff kam es aus dem Morgennebel. Keine Spur vom Fischer, auch die Praktikantin spurlos verschwunden. Die Polizei suchte und suchte, Taucher tauchten und tauchten. Bis man sie fand. Eng umschlungen trieben sie am Boden des Sees.

Die Leute zerrissen sich das Maul. Was war geschehen? Auch heute noch wird spekuliert. Warum gingen sie in inniger Umarmung unter? Hatte Fischer Klee eine heimliche Affäre mit seiner Praktikantin? Hatten sie sich gar verliebt? Die Romantiker denken, es gab keine Hoffnung für diese Liebe. Deshalb hätten sie sich ein letztes Mal geküsst, in die Arme geschlossen und seien gemeinsam in den Tod gesprungen. Der kriminaltechnische Ansatz sieht anders aus. Die Ermittler vermuten, Fischer Klee sei versehentlich über Bord gegangen – ausgerutscht oder gestolpert. Seine Gummihose sei ihm danach zum Verhängnis geworden. Sie wäre voll Wasser gelaufen und hätte ihn in die Tiefe gezogen. Sabine sei höchstwahrscheinlich hinterher gesprungen, um ihn zu retten. In Panik könnte der Fischer sie fest umklammert haben. In dieser Position sei sein Körper schließlich verkrampft – eine tödliche Falle für beide. Felix erzählt mir die Geschichte während einer unserer Angeltouren auf dem Juwelin. Er fragt mich, was ich davon halte. These Nummer 2 kommt mir am wahrscheinlichsten vor. Ich weiß, dass Menschen in Todesangst ungeheure Kräfte entwickeln. So können sie selbst zur Gefahr für Helfer werden. Professionelle Rettungsschwimmer nähern sich Ertrinkenden deshalb immer von hinten.

»Wusstest du, dass Ertrinken meist lautlos geschieht?«, fragt Felix.

Ich verneine. Für mich wedelt ein Ertrinkender wild mit den Armen und ruft panisch nach Hilfe. Felix klärt mich auf. Er hat das Rettungsschwimmerabzeichen in Bronze. Wenn jemand noch in der Lage ist, rumzubrüllen und fuchtelnd die Arme hochhält, dann handelt es sich nicht um einen Ertrinkenden. Die Person befindet sich in einer Wassernotsituation. Sie bedarf dann zwar sofortiger Hilfe, steht jedoch nicht unmittelbar vor dem Tod durch Ertrinken. Diesem geht in der Regel keine Wassernotsituation voraus. Ertrinken geschieht lautlos, unbemerkt. In vielen Fällen standen Menschen direkt daneben und haben gar nicht mitbekommen, dass wenige Meter weiter jemand ertrinkt. Der Körper startet ein instinktives Überlebensprogramm. Um nicht unterzugehen sind die Arme nach rechts und links vom Körper weggestreckt. Ein Winken ist in dieser Lage kaum möglich. Alle Funktionen, die die Atmung behindern könnten, werden ausgeschaltet. Kommt der Mund aus dem Wasser, wird dieser Moment zum Luftholen genutzt, nicht zum Sprechen oder verzweifelten Rufen. In diesem Zustand kann der Ertrinkende nicht mehr aktiv zu seiner Rettung beitragen. Alles verläuft leise und bewegungsarm.

»Oh! Da hat was angebissen!«

Meine Angelrute biegt sich. Ich hole die Schnur ein. Felix stoppt den Elektromotor. Nach einem kurzen

Kampf keschert er meinen 60er Hecht aus dem Juwelin. Der Fisch wird unser Abendbrot sein. Nach Schichtende haben wir uns einen Eimer geschnappt, zwei Angeln mit Blinkern aus dem Fährhaus entführt und sind mit dem Schlauchboot raus auf den See gefahren. Es ist ein ruhiger Abend. Die Ufer spiegeln sich ungebrochen. Man könnte das Bild drehen und sähe keinen Unterschied. Oben sieht es aus wie unten, unten wie oben. Nur wenn wir fahren, versetzen unsere Wellen das glatte Wasser in Schwingung. Niemand sonst ist auf dem Juwelin. Wir sind weit geschippert, bis ans südliche Ende des Sees. Dort gibt es ein beschauliches Künstlerdorf mit Cafés und Restaurants. Per Kanu kommt man von hier aus durch einen engen Kanal im Schilf in den Zunnsen und weitere Gewässer. Eine ganze Seenkette schließt sich an. Die historische Windmühle ist das Wahrzeichen des Dorfes. Auf einer Anhöhe hält sie Ausschau nach Wasserwanderern. Ihre breiten Flügel begrüßen sie schon von Weitem.

Mit dem Hecht im Eimer machen wir uns auf den Rückweg zum Fährhaus. Die Landschaft zieht gemächlich an uns vorbei. Keine Eile. Wir genießen die Stimmung, schweigend. Ein Schatten fliegt über uns hinweg. Es ist der große Seeadler vom Zunnsen. Dort hat er seinen Horst. Wie eine schwebende Tür zieht er über uns hinweg. Sein weißes Schwanzgefieder leuchtet in der

Sonne. So nah habe ich ihn selten gesehen. Ein majestätisches Tier! Der Adler kreist über uns. Wir stoppen das Boot. Irgendwas scheint er entdeckt zu haben. Gezielt stürzt er auf die Wasseroberfläche zu, taucht jedoch nicht ein, sondern fliegt wieder hoch. Dieses Manöver wiederholt er mehrmals. Felix und ich sind gespannte Zuschauer und rätseln, was dieses Verhalten zu bedeuten hat. Er sinkt ab, steigt auf, sinkt ab. Plötzlich taucht er ein und bleibt mit ausgebreiteten Flügeln im Wasser liegen. Wir stellen uns hin, um besser sehen zu können. Nach einem Moment des Verharrens beginnt der Raubvogel zu schwimmen. Unter unseren Blicken nähert er sich mit rotierenden Flügeln dem Land. Sein Schwimmstil erinnert an die Schmetterlingstechnik eines deutschen Olympiasiegers. Kurz vor Erreichen des Ufers hebt er sich mit einem Flügelschlag aus dem Wasser und landet auf einem querliegenden Baumstamm. In seinen Fängen hängt ein totes Blässhuhn. Gekonnt rupft er seine Beute, schneidet mit seinem spitzen Schnabel die Haut auf, wirft alles zur Seite, was ihm nicht gefällt, frisst ein paar herausgerissene Fleischstücke und startet seinen Rückflug zum Horst. Mit dem, was vom Blässhuhn übriggeblieben ist, fliegt er erneut über uns hinweg. Als er außer Sichtweite ist, inspizieren Felix und ich den Ort des Geschehens.

»Also, wenn heute jemand von Glück sprechen kann, dann wir«, sage ich.

So eine Jagdszene bleibt im Gedächtnis. Mit seinen Scheinangriffen hat der Seeadler sein Opfer immer wieder zum Abtauchen gezwungen. Erst als das Blässhuhn erschöpft war, griff er zu und ertränkte es.

Abenteuerbeladen fahren wir vorbei an der weißen Boje. Sie markiert die tiefste Stelle des Sees. Dreiunddreißig Meter geht es hier keilförmig abwärts. Nicht weit entfernt liegen die Netze des Fischers aus. Mit ihnen fängt er Maränen. Der Schwarmfisch lebt in den unteren Wasserschichten. Kenner bezeichnen ihn als Delikatesse. Das Fährhaus kommt näher und näher. Zu dieser Stunde liegt es im Schatten. Am Seitensteg machen wir fest. Rudolf begrüßt uns mit wedelndem Schwanz. Gekko hat es sich auf einer Bank bequem gemacht und trinkt ein Bier. Neben ihm sitzt Uboot, ein feiner Kerl. Er kommt oft zu Besuch. Entweder knattert er mit seinem Quad bis vors Fährhaus oder er humpelt die Steintreppe runter. Uboot heißt er, weil er bei der Berufsfeuerwehr als Bergungstaucher gearbeitet hat. Doch damit ist es vorbei. Ein geplatztes Aneurysma im Gehirn hat seinen Plan vom Leben umgeworfen. Jetzt ist er Frührentner, mit zweiundreißig Jahren. Fast täglich muss er in die Reha-Klinik. Den Rest der Woche beschäftigt er sich selbst. Seine linke Körperhälfte weist schwere Lähmungen auf. Die taube Hand steckt fest in seiner Hosentasche, damit der Arm nicht unkontrolliert schwingt. Sein Bein zieht er nach. Das macht ihm zu schaffen. Doch er hat seine Lebensfreude und seinen Humor über die schwerste Zeit gerettet. Ich unterhalte mich gern mit ihm. Wir haben ähnliche Ansichten vom Lauf der Welt. Außerdem kann er gut Witze erzählen. Felix und ich begrüßen Uboot, präsentieren ihm und Gekko den Hecht und erzählen von unserem Erlebnis mit dem Seeadler. Hacki ist damit beschäftigt, Gläser und Teller zu spülen. Die Fähre steht verlassen am Hollerkamm-Anlieger. Das bedeutet, der Fährmann ist zu Tisch bei seiner Frau. Ich hole Bier aus dem Lager und stoße mit den Jungs an.

»Heute gibt es Fisch. Bleibst du zum Essen, Uboot?«

Er bleibt. Felix schält Kartoffeln, schneidet Zwiebeln und Speck. Ich suche den Entschupper für den Hecht. Dieser besteht aus einem Holzstab mit angeschraubten Kronkorken. Ein einfaches, aber effizientes Werkzeug. Die Schuppen fliegen über den Steg. Um mich herum glänzt es. Ich nehme den Hecht aus und schneide Filets aus seinem Fleisch. Mit Wassereimer und Schrubber reinige ich das Deck. Felix hat die Bratpfannen heiß. Der Duft von in Butter gebratenen Kartoffeln, Zwiebeln und Fisch kriecht aus den geöffneten Fenstern. Er lockt Gekko und Uboot an. Der Tisch wird gedeckt.

»Hacki, mach hin! Essen ist fertig!«, ruft Felix durch den Raum.

Der fangfrische Leckerbissen mundet allen. Uboot gibt einen Witz zum Besten.

»Was macht man mit einem Hund ohne Beine?«

In Erwartung einer lustigen Antwort sehen wir Uboot schulterzuckend an.

»Um die Häuser ziehen!«

Wir lachen. Hacki bekommt sich nicht mehr ein. Ihm steigen die Tränen in die Augen. Damit zwingt er Felix und mich erneut zum Lachen. Uboot serviert noch einen.

»Stiftung Warentest hat jetzt Besteck getestet. Messer haben am besten abgeschnitten.«

Die Wortwitzrunde ist eröffnet.

»Warum können Magnete nicht weiblich sein?«, fragt Gekko.

Ich kenne den Witz und antworte: »Weil sie nicht wüssten, was sie anziehen sollen.«

Begeistert hält sich Hacki den zuckenden Bauch. Wir albern noch bis zum Einbruch der Dunkelheit. Ein Licht wandert die gegenüberliegende Böschung im Zickzack herunter. Der Fährmann kommt zurück. Er trägt seine Kopflampe und marschiert zur Fähre. Äußerst selten steht sie auch am nächsten Morgen noch dort, äußerst selten. Hacki macht sich wieder ans Aufräumen. Danach will er sich mit Kernseife im Juwelin waschen.

Das macht er nur an sehr warmen Tagen. Mit einem Handtuch um die Hüfte schleicht er ums Fährhaus.

»Ihhhh, Hacki ist nackig!«, ruft Felix.

»Du brauchst doch gar kein Handtuch«, steigt Gekko ein, »den kleinen Aal sieht sowieso keiner.«

Hacki kontert: »Du hast eben den Längsten, ich dafür den Härtesten!«

Er streckt Gekko die Zunge raus, lässt an der Badetreppe den Sichtschutz fallen und steigt hinab. Hacki geht nur bis zum Hals ins Wasser. Während der Wäsche hält er sich die ganze Zeit an der Leiter fest. Untertauchen ist ihm unangenehm. Als Hacki wieder trocken ist, verabschiedet sich Uboot. Morgen früh muss er zur Reha. Dort will der alte Charmeur eine gute Figur machen und die attraktive Physiotherapeutin beeindrucken. Den Spaß am Flirten hat er sich bewahrt. Das Motordröhnen seines Quads schallt durch die Nacht. Hackis Auto folgt ihm. Gekko verzieht sich mit Rudolf nach Drinnen und liest ein Buch. Felix wünscht allen einen angenehmen Schlaf und fährt mit dem Ruderboot zum Hollerkamm. Es wird still.

»Ist das nicht schön hier?«, fragt mich der Fährmann.

Ich sehe ihn an und nicke.

»So schön ist es nur am Juwelin. Ich brauche nichts anderes. Ich kann auch gar nicht weg. Ich hänge fest am Seil, fest am Seil der Fähre.«

Immer wenn er das sagt, spüre ich eine sentimentale Sehnsucht im Klang seiner Stimme. Zumindest empfinde ich es so. Ich frage mich, was dahinter verborgen liegt.

»Willst du einen Schnaps, Jan?«

»Nein, danke. Schnaps ist nicht meins.«

»Ich trinke jetzt einen.«

Der Fährmann holt sich Glas und Flasche, schenkt ein und trinkt einen Kurzen.

»Prost! Auf den Juwelin! Ach, wenn ich daran denke, bald ist die Saison wieder vorbei. Dann kommt der Herbst und es wird früh dunkel. Die Kraniche ziehen in den Süden und lassen mich allein. Das ist nichts für mich. Den Winter mag ich nicht. Die Fähre liegt an Land. Die Boote auch. Kein Mensch ist da. Ich finde den Frühling und den Sommer besser. Im Winter friert der Juwelin zu. Vorher dampft der letzte Nebel aus ihm heraus wie aus einem kochenden Kessel. Ein Schauspiel! Das musst du gesehen haben. Das Eis und den Schnee finde ich schön, aber trotzdem ist der Winter nichts für mich. Da weiß ich mit mir nichts anzufangen. Aber jetzt ist ja noch Sommer. Prost!«

Während ich mich in meine Schlafecke zurückziehe, trinkt der Fährmann noch einen Letzten für die Nacht.

Uns weckt ein lautes Getrampel auf dem Dach, gefolgt von einem dumpfen Klatscher. Rudolf bellt. Gekko springt auf und rennt zum Fenster.

»Alter! Karl-Heinrich, der muchige Beutel! Ist uns wieder auf's Dach gestiegen und mit Anlauf von oben runtergesprungen. Eines Tages erwische ich den.«

Karl-Heinrich ist Mitglied der Landberger Jugend und liebt es, in aller Herrgottsfrühe vom Fährhaus in den Juwelin zu springen. Der Frechdachs verfügt über reichlich Körperfett, so dass das Eintauchen seines massigen Leibes in Form der guten alten Arschbombe eine apokalyptische Wasserverdrängung nach sich zieht. Zum anderen Ufer schwimmend, dreht sich Karl-Heinrich um und blickt nass grinsend zu Gekko ins Fenster. Der zeigt ihm seinen Mittelfinger.

»Der Klops macht uns noch das Dach kaputt. Und irgendwann landet er auf `nem Tretboot, dann grinse ich ihn dumm an.«

Die Nacht ist dem Tag gewichen, aber Gekko und Rudolf legen sich wieder hin. Wenig später steht der Fährmann grübelnd am Schwimmsteg. Daumen und Zeigefinger streichen an seinem Kinn entlang. Fischer Leine fährt seine vertraute Route ab und grüßt von fern. Ein Wink zurück, unverständliches Murmeln, der Fährmann zählt die Ruderboote. Als ich zum Wachschwimmen rauskomme, höre ich sein Hirn regelrecht rattern.

»Morgen Jan, sag mal, bin ich bekloppt oder kann ich nicht richtig zählen? Hatten wir gestern nicht noch zehn Ruderboote?«

Ich strecke meinen rechten Arm, zeige mit dem Finger auf jedes Boot und zähle langsam von eins bis neun. Gekko kommt hinzu.

»Ja, Fährmann, du magst bekloppt sein, aber zählen kannst du«, sage ich.

Ein Boot fehlt. Auch die wiederholte Anwendung einfacher Addition zaubert es nicht herbei. Es handelt sich um Anka Nummer 7. Unser Kontrollblick ins Buch bestätigt: Nein, ausgeliehen wurde sie nicht! Das Boot wurde unerlaubt umgelagert.

»Mensch, wozu haben wir eigentlich einen Hund hier? Hm, Rudolf? Die klauen uns die Ruderboote unter der Nase weg und du schnarchst seelenruhig weiter mit Gekko im Takt. Sonst hörste doch auch immer sofort, wenn eine Bohle auf dem Steg wackelt oder knarrt! So ein Mist! Du bist mir ein schöner Wachhund!«

Rudolf sitzt vor ihm und sieht den Fährmann an, als frage er sich, was er von ihm wolle.

»Und ihr zwei seid auch nicht besser! Wir alle nicht! Pennen hier gleich nebenan und kriegen überhaupt nichts mit!«

Wir geben ihm recht. Doch wer immer des Nachts losgerudert ist, muss des Wissens mächtig sein, wie man katzengleich über Holzbohlen schleicht. Aufgebracht läuft der Fährmann über den Steg. Nach der ersten Phase der Aufregung frühstücken wir und planen das weitere Vorgehen. Das Boot kann gestohlen und abtransportiert worden sein, oder es wurde nur für einen nächtlichen Ausflug gekapert und liegt irgendwo führerlos am Ufer. Gekko wird auserkoren, den See abzupaddeln. Keine Spur. Ohne Sichtung kehrt er zurück. Uns bleibt nichts anderes übrig, als uns zunächst dem Tagesgeschäft zu widmen. Nachdem die letzten Kanus geputzt und die letzten Fährgäste befördert sind, beschließen Felix und ich eine erneute Suchfahrt. Unterwegs mit dem Elektroboot inspizieren wir jeden Uferabschnitt, nehmen jede Bootsgarage unter die Lupe – selbst im Landberger See und im Hollersee, die sich im Norden an den Juwelin anschließen. Überbrückte Kanäle führen zu ihnen. Mit Feldstechern vor den Augen schwenken wir unsere Köpfe. Nichts. Auch im langen Schilfgürtel nicht. Die Gäste einer Grillparty gucken misstrauisch, als wir uns einem verwilderten Anleger nähern. Wir drehen um. Es wird zu dunkel. Die Batterie ist fast leer. Ergebnislos dümpeln wir zurück zum Tatort. Gekko meint, er könne sich denken, wer der Dieb sei. Der dreckige Silvio hat schon einmal einen Kahn in der Gegend geklaut, rot umlackiert und rotzfrech behauptet, es wäre seiner. Der war es bestimmt. Doch man kann dem Schweinehund nichts beweisen.

Fünf Tage später trauert der Fährmann noch immer um den Verlust, hat sich aber innerlich auf ewig von seinem unsinkbaren Angelkahn Nummer 7 verabschiedet. Gegen Mittag kommt ein Pilzsucher aus dem Nachbardorf zum Fährhaus und fragt, ob wir ein Ruderboot vermissen würden. Er hätte dort hinten in der Bucht, gleich neben der schmalsten Stelle des Sees eins entdeckt.

»Es wurde fünf Meter die Böschung hochgezogen, umgedreht und mit Ästen zugedeckt. Schwer zu sehen. Aber vorne ist dein Aufkleber drauf.«

Der Fährmann lädt den Überbringer der freudigen Nachricht auf ein Bier und eine Bockwurst mit Brötchen und Senf ein. Hacki bedient ihn. Gekko macht sich mit Anka Nummer 10 auf, Anka Nummer 7 in den sicheren aber nicht diebstahlfreien Heimathafen zu schleppen. Trotz genauer Positionsbeschreibung ist das Boot vom Wasser aus kaum auszumachen. Das versteckte Objekt verschmilzt farblich mit seiner Umgebung. Gekko hat sein Tun, die Äste zur Seite zu räumen, den schweren Rumpf ohne Hilfe umzudrehen und den Hang runterzuziehen. Ein Einzeltäter scheidet aus. Wenn es der dreckige Silvio war, muss er Komplizen gehabt haben. Die Langfinger wollten wahrscheinlich warten, bis Gras über die Sache gewachsen ist und ihr Diebesgut später abtransportieren.

Nummer 7 liegt im Wasser. Gekonnt fixiert Gekko die Abschleppleine mit einem Stopperstek. Der Rückweg raubt ihm die Kräfte. Leichter Gegenwind behindert sein Vorankommen zusätzlich zur Schlepplast. In Reichweite des Fährhauses lässt er die Ruder sinken, legt sich ins Boot und pausiert für eine Zigarettenlänge.

»Gustav Braun … hing erschlagen überm Zaun.«

»Irmgard Nabel … wurd' erstochen mit `ner Gabel«

Lisa und ich reimen ungeniert weiter. Einige Grabsteinbeschriftungen machen es uns schwer. Welcher Todesumstand reimt sich schon auf Solinsky? Die lyrisch herausfordernden Namen lassen wir außer Acht.

»Eheleute Luht … vergiftet von der eigenen Brut.«

Vor uns raschelt es im Efeu. Aus einer überwucherten Grabstelle kommt eine Ratte quer über den Weg gelaufen. Lisa verzieht ihr Gesicht. Wir bleiben stehen. Zielstrebig steuert das Nagetier auf eine Futterstelle zu, greift sich etwas und rennt wieder unter die Ranken. Kurz darauf quert der Langschwanz erneut unsere Laufbahn. Eifrig rennt der autonome Kleintransporter hin und her. An einem Baum neben der Nagetier-Versorgungsstelle hängt ein laminiertes Blatt Papier.

An die Frau aus der Steinstraße, bitte unterlassen sie die Fütterung der Katzen! Dadurch werden Ratten und anderes Ungeziefer angelockt. Ansonsten droht Ihnen Hausverbot.

Vielen Dank für Ihr Verständnis – Ihre Friedhofsverwaltung

»Das war die Geisterfrau«, sage ich zu Lisa.

Die Geisterfrau gehört zu diesem Friedhof wie der Tod zum Leben. Sie ist das Friedhofsgespenst. Ruhelos treibt es seinen Spuk zwischen Kapelle und Pforte, zwischen Grabstein und Friedhofsbank. Ich habe die Geisterfrau schon oft gesehen. Lisa kennt sie auch. Ihre Erscheinung erschreckt. Etwas Unheimliches umkreist sie. Wie aus dem Nichts taucht sie auf. Ihr zierlicher, dürrer Körper ist alt. Tiefe Gräben ziehen sich durch ihr Gesicht. Sie trägt einen ausgeblichenen Wollpullover, der sich kaum absetzt vom blassgrauen Ton der Haut. Ihr Antlitz hat jeglichen Glanz verloren. Ihre Gestalt wirkt brüchig. Mit der linken Hand zieht sie eine verwitterte Einkaufstasche auf Rollen hinter sich her. Lilakarierte Musterfetzen sind darauf noch zu erkennen. In der rechten Hand hält sie eine Leine. Daran weicht ein kleiner schwarzweißer Hund nicht von ihrer Seite. Er ist ihr einziger Gefährte. Die Geisterfrau weckt in mir das Gefühl von Einsamkeit und Mitleid. Wie es sich wohl anfühlt, sie zu sein? Wird jemand an ihrem Grab trauen? Sie füttert die Katzen und die Vögel – Tag um Tag.

» Vorsicht!«, ruft Lisa.

Doch es ist zu spät. Ich habe ihn übersehen. Ein brauner Haufen quillt unter meiner Schuhsohle hervor. Manche Ecken des Südfriedhofs sind zur Hundetoilette verkommen. Mit einem Stock versuche ich, die geruchsintensive Verunreinigung zu beseitigen. Nachdem das Grobe entfernt ist, ziehe ich meinen Schuh über ein Grasbüschel. Ein hartnäckiger Teil der tierischen Verdauungsreste hat sich in den Tiefen des Profils abgesetzt. Da helfen nur noch Wasser und ein Tuch.

»Wusstest du, dass du nur ein Blatt Klopapier brauchst, wenn du schieten musst?«

Hacki hat die Arme auf seinem Bauch abgelegt, als er mich das fragt. Verschmitzt blickt er durch seine Brille über den Tresen. Es ist ihm ein Vergnügen, mir das genaue Prozedere zu erklären.

»Wenn du fertig bist mit deinem Geschäft, nimmst du das Blatt, knickst es und reißt ein kleines Loch in die Mitte. Ungefähr den Durchmesser eines Fingers, weißt. Das abgerissene Stückchen hebst du schön auf. Das Blatt schiebst du dir dann über den Zeigefinger bis unten hin. Mit dem Finger machst du hintenrum alles sauber. Wenn du fertig bist, greifst du mit der anderen Hand das Papier und ziehst es schön eng am Finger entlang. Und der aufgehobene Rest ist für den Fingernagel. Musste mal probieren. Klappt wunderbar.«

Hacki und sein Fäkalhumor sind ein unschlagbares Team. Ich bin an der Reihe, das Dixi-Klo zu putzen. Da ist guter Rat von Hacki niemals teuer. Wir sind allein im Café. Gekko gesellt sich zu uns. Ich esse ein Stück Himbeer-Quark-Torte und trinke einen Kaffee. Das genieße ich. Wenn wenig los ist, setze ich mich vor zu Hacki, albere mit ihm herum, esse ein Stück Kuchen und schlürfe ein koffeinhaltiges Warmgetränk. Die Torte wird tiefgefroren angeliefert. Aufgetaut schmeckt sie fast wie selbstgemacht. Mein Lieblingsplatz ist links am Fenster, genau in der Ecke. Von hier aus hat man eine ganz besondere Sicht auf den Juwelin. Ist es heiß, kühlt die leichte Brise, die vom See aus durch den offenen Fensterspalt züngelt. An kühlen Tagen wärmt die einladende Atmosphäre des Cafés sowie jeder Sonnenstrahl, der versehentlich durch die Wolken blinzelt und durch das Glas scheint. Abwechselnd betrachte ich die Landschaft und das Innenleben des Raumes. Die vielen Bilder an den Wänden zeugen von der Geschichte dieses Ortes. Über der Theke grüßen die Portraits aller Fährmannsgenerationen. Ein Fischernetz hängt an der Decke. Der präparierte Kopf eines kapitalen Hechtes überblickt die weißen Stühle, die Tische, auf denen Blumenvasen stehen, die Truhe mit dem Eis, den Kühlschrank für die Getränke, das Bücherregal mit regionaler Literatur und Wanderkarten, den Tresen und Hackis Küchenreich dahinter. Der Boden scheint aus schwerem Holz zu sein, doch der Schein trügt. Pflegeleichter Linoleum täuscht diese Optik nur vor. Auf einer Kreidetafel stehen die Angebote für die Gäste: Wiener Würstchen, Pommes, Boulette mit Kartoffelsalat, Currywurst und auch die Himbeer-Quark-Torte, die in Verbindung mit einem aromatischen Pott Bohnenextrakt der Renner unter den angebotenen Süßspeisen ist.

Die letzte Frucht steckt teigumhüllt auf meiner Gabel. Genussvoll verspeise ich sie und kröne das Geschmacks-erlebnis mit der Leerung meines Kaffeebechers. Dem Mageninhalt gebe ich genug Zeit, um sich zu setzen. Hacki kommt zu mir. Dankend überreiche ich ihm das Geschirr.

»So! Nun geht es auf zum WC!«, sage ich militärisch und ahme den Stechschritt nach.

»Das ist nur ein C, Jan, nur ein C!«, erwidert Hacki.

»Ach ja, stimmt Hacki, nur ein C.«

»Was'n? Drückt der Lehm?«, fragt Gekko von seinem Stuhl aus.

»Nee, ich muss das Klo putzen.«

»Na dann, viel Spaß. Ich geb' dir heute nicht mehr die Hand.«

Gekkos angewiderter Gesichtsausdruck erinnert mich an unsere sanitäre Notsituation. Jeden Mittwoch kommt der Reinigungsdienst zum Fährhaus und pumpt die menschlichen Ausscheidungen ab. Das ist bitter nötig bei dem Durchgangsverkehr. Fällt ein Abpumptermin aus, ist die Kacke am Dampfen. Aufgrund technischer Probleme und Personalknappheit hat sich der Güllefahrer zwei Wochen nicht blicken lassen. Voller Abscheu blicke ich raus zur Toilette. Der Fährmann tritt in die Tür. Hacki dreht sich zu ihm um.

»Gestern Abend hab ich 'n Stock aus'm Wald genommen und die ganze Schiete breitgerührt. Das stand schon so hoch, der komplette Klorand war zugeschissen.«

Leider bleibt diese delikate Information nicht intern. Während Hacki detailgetreu von seiner Heldentat berichtet, schleicht eine Kundin hinter dem Rücken des Fährmanns in den Laden. Gekko muss sich zusammenreißen, um nicht zu lachen. Der Fährmann entschuldigt sich für das verwendete Vokabular seines Mitarbeiters. Die Frau nimmt es mit Frohsinn. Sie wollte nach dem Toilettenschlüssel fragen, der Hackis Verwaltung unterliegt, entscheidet sich dann aber spontan für einen Gang in den Wald. Übereinstimmend beschließen wir, das Dixi-Klo vorübergehend zur Sperrzone zu deklarieren. Felix kommt von seiner Fährfahrt zurück. Die Diskussion ums Eingemachte ist ihm entgangen. Ich helfe ihm, vier Fahrräder von der Fähre zu heben.

»Und, Jan, sind die Eierkuchen schon fertig? Du wolltest doch heute welche machen.«

Eierkuchen, die essen die Jungs gerne. Grießbrei mögen sie auch, aber Eierkuchen stehen ganz oben auf der Wunschliste. Einmal damit angefangen, muss ich sie nun ständig machen, ob ich Lust dazu habe oder nicht. Meist bettelt die hungrige Meute so lange, bis ich aufgebe und mich ihrem Willen unterwerfe. Für heute hatte ich Gekko und Felix ihre Lieblingsmahlzeit versprochen, diese Tatsache jedoch bis zur Erinnerung verdrängt. Gekko hat Felix' Frage mitbekommen und erhöht den psychischen Druck.

»Genau Alter, du wolltest doch Eierkuchen machen! Junge, habe ich einen Knast!«

Mir ist nicht nach Süßem, da ich gerade meine Torte verdaue. Dem Frieden zu Liebe begebe ich mich aber nach hinten, hole 2 Liter Milch, 8 Eier und 1 Kilogramm Mehl, verrühre alles in einer Schüssel, gebe etwas Salz hinzu und stelle die Mischung für eine Weile abgedeckt zur Seite. Beim Decken des Tisches fällt mir ein, dass ich noch eine Rechnung mit Gekko offen habe: die Rache für meine Augenringe vom bemalten Fernglas! Die Zeit ist reif für eine Retourkutsche. Isst Gekko Eierkuchen, kennt seine Gier keine Grenzen. Er verschlingt sie regelrecht. Dabei stellt er gern neue Rekorde auf. Sein aktueller liegt bei 15 Stück. Deshalb brauche ich mit kleinen Mengen gar nicht erst anzufangen. Bewaffnet mit zwei Pfannen und Kelle stehe ich oberkörperfrei vorm Elektrokocher. Ein Küchenhandtuch steckt als Spritzschutz fest in meinem Hosenbund. Eierkuchen brate ich in Butter. Sie ist mein Lebenselixier. Egal ob zu Süßem oder Herzhaftem, Butter geht immer. Der Geruch des brutzelnden Fettes betört meine Nase. Die Eierkuchen türmen sich. Es dauert eine Weile, über 30 davon zu braten. Das Brutzeln erweckt meinen Appetit. Ich beschließe, auch welche zu essen. Die Mannschaft fragt nervös, wann es endlich soweit sei.

»Es kann losgehen!«, verkünde ich und lasse den letzten Palatschinken aus der Pfanne auf den überbordenden Stapel rutschen.

Felix, Hacki und ich essen normale Portionen. Der Fährmann bekommt, wenn er Glück hat, einen oder zwei ab. Gekko isst nicht, er inhaliert. Eine dicke Schicht Apfelmus und eine noch dickere Schicht Zucker müssen es bei ihm sein. Zusammengerollt wie ein Joint verschwindet Eierkuchen um Eierkuchen in seinem Rachen. Nur Kundenanfragen können die Fressorgie unterbrechen. Und das ist meine Chance. Der Moment ist gekommen. Eine Familie schlendert am Fenster vorbei.

»Tretbootfahren! Tretbootfahren!«, rufen die Kinder.

»Gekko, kümmerst du dich drum? Ich habe schon das Essen gemacht«, sage ich zu ihm.

Mein Racheopfer ist gerade dabei, sich seine neunte Teigrolle vorzubereiten. Nur der Zucker fehlt noch, ein perfekter Umstand. Während Gekko das Tretboot losmacht, schlage ich zu. In der Hoffnung auf solch eine Situation, habe ich alles genau vorbereitet. Ich nehme das Zuckerglas vom Tisch, stelle es in den Schrank und ersetze es gegen ein identisches Glas Salz. Hacki ist wieder im Laden und bekommt davon nichts mit. Felix wird von mir stillschweigend eingeweiht. Ein paar beschwörende Blicke und mein Zeigefinger vorm Mund reichen aus, um ihn als Komplizen zu gewinnen. Das Tretboot legt ab. Die Familie winkt glücklich vom Wasser aus. Als er alle Daten ins Logbuch eingetragen hat, setzt sich Gekko zurück an den Tisch. Felix und ich gucken uns an, essen unauffällig weiter. Der ersehnte Griff zum Glas wird vollzogen. Ein Esslöffel Salz, zwei Esslöffel Salz – Gekko schöpft aus dem Vollen. Die Rolle wird gerollt, sein Mund öffnet sich. Spannung liegt in der Luft. Die Eierkucheneinsaugautomatik setzt sich in Gang. Gekko beginnt damit, zufrieden zu kauen. Dem Kauvorgang folgt sogleich mimischer Kontrollverlust. Wenn sich ein Mensch in einen Wiederkäuer verwandelt, kann dies hochamüsantes Potential bergen. Es ist schade um den schönen Eierkuchen, aber Gekkos Gesicht werden Felix und ich nie vergessen.

In der Dunkelheit flimmert Licht. Zuckende Strahlen

fliegen über den Juwelin. Fledermäuse jagen durch sie hindurch. Flackernd blitzen die Umrisse unserer Köpfe in den Fenstern auf. Gekko hat meinen Streich längst verdaut und knabbert an einer Boulette. Wein und Bier stehen auf den Tischen. Wir haben Besuch und sitzen im Café. Der Fährmann hat den Projektor aufgebaut. Auf der Leinwand laufen bewegte Bilder aus vergangenen Zeiten. Walter hat sie zur Vorführung mitgebracht. Ihm ist hier alles vertraut. Seine gesamte Kindheit hat er hier unten verlebt. Die Schwarzweißaufnahmen stammen aus den 20er und 60er Jahren. Sie zeigen Ausschnitte aus der Geschichte des Juwelins, echte Raritäten. Wir sehen adrette Damen in modischen Badekleidern, den Bau des Fährhauses, Menschen, die sich vergnügen, Jungs und Mädchen, die die Segel auf ihren Faltbooten setzen, wasserskifahrende Urlauber und die Entwicklung der uns umgebenden Landschaft. Vor Jahrzehnten sah es hier noch völlig anders aus. Im Film sind die Fichten im Süden so klein, dass man vom Fährhausdach bis ins nächste Dorf sehen kann. Die Holländermühle ist auch zu erkennen. Heute ist diese Aussicht zugewachsen und es wirkt, als sei alles schon immer derart wild gewesen. Das Fährhaus wurde nicht als Fährhaus erbaut, sondern als Vergnügungshalle. Generationen von Tanz- und Feierwütigen haben hier die Sau raus gelassen. Viele Dekaden lang war dieser Ort ein beliebtes Ausflugsziel. Bis zur Wende. Das FDGB-Ferienheim in Landberg stellte seinen Betrieb ein und auch in der Juwelinhalle erlosch das Leben. Nur die Fähre, die fuhr weiter. Seit den 70er Jahren dreht sich ihr Rad und zieht die Menschen am Seil über den See. Der Eigenbau des alten Fährmanns aus Metall löste den hölzernen Ruderkahn des noch älteren Fährmanns ab.

Das Flimmern des Lichts endet. Der Film ist vorbei. Im Kerzenschein erzählt Walter uns einen Schwank aus seiner Kindheit.

»Früher, im Winter, wenn der Juwelin zugefroren war, hat mein Vater die Gäste mit einem kleinen Trick angelockt. Viel war dann nämlich nicht los. Ein paar Leute sind Schlittschuh gefahren. Die haben aber nicht genug Geld in die Kasse gebracht. Also hat er überall groß verkündet und verkünden lassen, dass um 14 Uhr das Eis gesprengt werde. Das hat die Leute natürlich neugierig gemacht. Hat jedes Mal geklappt. In Strömen kamen sie die Treppe runter. Überall standen Menschen. Punkt Zweie erschien er dann mit einer Gießkanne in der Hand und hat das Eis gesprengt, so wie er es versprochen hatte. Einige nahmen ihm das übel und sind empört abmarschiert. Doch die meisten Schaulustigen fanden es witzig, sind geblieben und haben etwas gegessen oder getrunken. So einer war mein Vater. Über dreißig Jahre hat er die Halle betrieben.«

Von der wilden Vergangenheit der Halle zeugen die muschelbedeckten Teller und Flaschen am Grund des Sees. Hin und wieder kommt ein Beweisstück an die Oberfläche.

»Aber nicht nur das Geschirr ist hier zum Fenster raus geflogen«, legt Walter nach. »Wenn sich mal einer nicht benommen hat, wurde er am Schlafittchen gepackt und ab ging's durch die Mitte in den See. So manchem Trunkenbold und Grabscher hat mein Vater eine ungewollte Abkühlung verschafft.«

Walter geht davon aus, dass alle das Bad überlebt haben. Leichenteile wurden bisher nicht gefunden. Der Juwelin ist ein Unterwasserparadies, das Antreffen von Tauchern an sonnigen Tagen nicht ungewöhnlich. Würden irgendwo am Grund die knochigen Überreste eines Gastes liegen, hätte sie einer der Froschmänner schon ans Tageslicht befördert. Wie schön es unter der Wasseroberfläche aussieht, durften Lisa und ich bereits bewundern. Mein ehemaliger Radiokollege Ecki hat es uns gezeigt. Er wohnt in Mecklenburg und ist leidenschaftlicher Taucher. Ecki hat seinen eigenen Lebensrhythmus. Zehn Tage ist er im Sender, spricht Nachrichten und harrt nach Feierabend in einer klitzekleinen Wohnung aus. Ist die Zeit rum, verbringt er eine Woche zu Hause und taucht ab – so oft und tief wie möglich. Was mir neu war: Ecki kennt die aquatische Welt des

Juwelins wie seine Westentasche. In Landberg gibt es eine Tauchschule. Dort ist Ecki Mitglied. Alle paar Wochen treffen sich die Sportsfreunde und gehen gemeinsam auf Tauchgang. Im Besitz der Schule befindet sich eine Schwimmplattform, die von zwei leistungsstarken Elektromotoren angetrieben wird. Ich habe die Kameraden oft damit über den Juwelin fahren sehen. Und auf einmal winkt mir Ecki zu. Überraschung auf beiden Seiten. Die Plattform legt an. Wir begrüßen uns und staunen ob der unerwarteten Begegnung. Ich stelle ihm Lisa vor, die gerade ein paar Tage mit mir verbringt. Ein Gespräch über das Tauchen beginnt. Eckis Frage nach der Größe unserer Taucherfahrung beantworte ich mathematisch.

»Null!«

Sie ist nicht vorhanden, zumindest nicht mit Taucherbrille und Gummianzug. Ich werde darauf hingewiesen, dass es sich nicht um eine Taucherbrille, sondern um eine Tauchermaske handelt, auch nicht um einen Gummi-, sondern um einen Neoprenanzug. Für mich ist das das Gleiche.

»Habt ihr Lust auf einen Schnupperkurs? Spendiere ich euch.«

Ich sehe Lisa an, Lisa sieht mich an. Uns beiden ist klar, dass solch ein Angebot nicht alle Tage dahergelaufen kommt. Der Fährmann gibt mir frei. Wenig später stehen meine Freundin und ich im Neopren an der Badestelle neben dem Fähranleger. In den Anzügen ist es heiß. Ich habe das Gefühl zu überhitzen. Lisa geht es ähnlich. Ecki gibt uns zu verstehen, dass sich dies unter Wasser gleich ändern würde. Trotzdem suchen wir den Schatten eines Baumes auf. Maja, die Besitzerin der Tauchschule, kümmert sich um mich. Lisas Schicksal lege ich vertrauensvoll in Eckis Hände. Sie erklären uns die wichtigsten Tauchzeichen, zeigen uns die korrekte Atmung, gehen mit uns die komplette Ausrüstung durch und prüfen zusammen, ob wir alles verstanden haben. Mit zum Kreis geformten Daumen und Zeigefingern bestätigen wir unsere Bereitschaft, in den See zu steigen. Als ich meine Flasche aufsetze wird mir klar, warum viele Taucher den Fährmann fragen, ob sie ihr Zeug runterfahren dürfen. Doch da bleibt er hart. Wer an dieser Stelle im Juwelin tauchen will, muss die 105 Stufen überstehen.

Das Sauerstoffgemisch aus dem Atemgerät strömt trocken und kalt in meine Lunge. Maja sieht mich an. In einem Meter Tiefe schweben wir vis-à-vis flach über dem Grund. Nicht weit von uns Lisa und Ecki. Die zweite Stufe des Schnupperkurses hat begonnen. Wir sollen Vertrauen in die Technik gewinnen und kontrolliert atmen. Große Luftblasen stoßen nach oben. Paddler fragen oft, wo die herkommen. Wir erzählen ihnen dann Geschichten, Geschichten vom Landberger

Blubberfisch, der mit seinem mächtigen Luftausstoß Boote zum Kentern bringen kann oder Geschichten vom Juwelinhai, vor dem Paddler jedoch keine Angst zu haben bräuchten, denn er fräße nur Motorbootfahrer, die illegal durch das Naturschutzgebiet jagen. Ich wundere mich manches Mal, was einem die Leute alles abkaufen, wenn man es glaubhaft rüberbringt. Maja und Ecki bringen glaubhaft rüber, dass wir uns während des Tauchens voll auf sie verlassen können. Wir stellen uns noch einmal aufrecht hin. Die Anzüge sind voller Wasser. Erfrischend. Dann geht es abwärts. Bis auf 6 Meter bringen sie uns runter. Das smaragdgrüne Wasser wird spürbar kälter. Die Sicht bleibt klar. Ich konzentriere mich darauf, gleichbleibend zu atmen. Breite Sonnenkegel brechen über uns herein. Plankton leuchtet in ihnen auf. Welliges Licht tanzt über den Grund, der von Sand, Muscheln, Blättern, Algen und Steinen bedeckt ist. Behutsam führen uns Maja und Ecki an der Uferkante entlang. Das Gewicht der Ausrüstung ist verschwunden. Das Wasser trägt die Last. Ein erhabener Moment. Barschschwärme blitzen auf. Die Fische schwimmen zwischen meterhohen Pflanzen, die sich anmutig im See wiegen. Ein tropenartiges Reich umgibt uns. Umgekippte Buchen haben neue Lebensräume entstehen lassen. An jedem Baum stoppen wir. Im dichten Geäst stehen Hechte. Sie lauern auf ihre Chance. Um sie herum leuchtet es hellgrün. Die Korallen des Nordens kommen in dieser Pracht nur im Juwelin vor. Es sind einheimische Süßwasserschwämme. Sie sitzen an den Ästen der Bäume und strecken sich wie Hirschgeweihe dem Licht entgegen. Auf dem Grund liegt das Gerippe eines verrotteten Holzkahns. Die Zeit schwebt wie wir dahin in diesem fantastischen Mikrokosmos. Mir ist kalt. Ich zittere. Trotz des Anzugs ist mein Körper ausgekühlt. Maja wird später sagen, dass ich es nur wegen des Anzugs so lange ausgehalten habe. Wir treten den Rückzug an. Eine halbe Stunde dauert unser Erlebnis. Die Bilder wirken nach.

Der säuerliche Geruch des Hundekots an meiner Schuhsohle tut dies auch. Er hat sich in meiner olfaktorischen Wahrnehmung festgesetzt. Ich bekomme ihn nicht aus der Nase. Lisa und ich beenden unseren Spaziergang und schlendern zur Pforte. Die mächtige Rosskastanie hat erste Früchte abgeworfen. Eine ihrer stacheligen Kapseln fällt vor uns zu Boden. Sie prallt auf, platzt und gibt ihr Innerstes frei. Der braune Samen, der herausspringt, versucht zwischen Lisa und mir hindurch zu rollen. Ich stelle meinen Fuß quer und stoppe ihn. Lisa hebt die Murmel auf. Sie mag den Glanz frisch gefallener Kastanien, das Gefühl, wenn man mit dem Daumen sanft über die glatte Haut streichelt. Als Tischdekoration nehmen wir eine Handvoll mit. Wir sind fast draußen, da kommt der Friedhofswart aus seinem Kabuff. Er grüßt freundlich. Lisa sagt: »Hallo.« Ich hebe die Hand, nicke und spreche ihn an.

»Heute habe ich noch gar keinen Laubbläser gehört. Wie kommt's denn?«

»Das Benzin ist alle. Ich muss erst neues holen.«

»Also, wenn's nach mir geht, lass das Ding verdursten!«

»Ist ganz schön laut, was? Aber, sag das der Friedhofsverwaltung. Ich bin hier nur der Johnny, der alles abkriegt.«

Johnny, der eigentlich Ralf heißt, winkt und verschwindet im Dickicht der Friedhofsbüsche. Im Hausflur öffne ich den Briefkasten. Werbung landet gleich im Papiermüll. Ein Schreiben der Hausverwaltung liegt bei. Es richtet sich an alle Mieter des Hauses und informiert darüber, dass ab kommender Woche der Aufbau eines Gerüsts beginnt.

...

Die Arbeiten sind bis spätestens Ende November abgeschlossen. Der Herbst ist die beste Zeit für eine Fugensanierung. Die Rüstung wird aus arbeitstechnischen Gründen teilweise mit einer Plane abgehängt. Während der Arbeitszeiten können die Balkone nicht genutzt werden.

...

»Bis Ende November, das sind über zwei Monate! Na dann, viel Spaß!«

Lisa schüttelt den Kopf. Ich zucke mit den Schultern. Mit dem Schreiben in meiner rechten Hand schreiten wir die Treppen hinauf. Auf der Fensterbank der zweiten Etage sitzt ein Schmetterling. Seine Flügel sind geschlossen. Als er sie öffnet, kommt die bunte Zeichnung eines Tagpfauenauges zum Vorschein. Unsere Anwesenheit scheucht ihn auf. Die Fenster sind zu. An der Scheibe entlang flatternd, sucht er den Weg nach draußen. Ich ziehe am Griff und entlasse ihn in die Freiheit.

»Das war ein Edelfalter der zweiten Generation«, sage ich zu Lisa, »die fliegt von August bis Oktober.«

Lisa staunt. Mein Wissen verdanke ich dem Schmetterlingsführer im privaten Bücherregal des Fährmanns. In den heißen Mittagsstunden des Sommers verirren sich prachtvolle Falter in die Bootshalle. Hinter den Holzjalousien sitzen orange leuchtende Kaisermäntel mit braunen Flecken und Große Schillerfalter, deren blauer Glanz dem eines königlichen Mantels aus Samt gleicht. Felix und ich sind das Rettungskommando, das die flatternden Schönheiten vor der Austrocknung bewahrt. Im Schutz unserer Hände werden sie sicher nach draußen geleitet. Überhaupt sind Felix und ich ein gutes Team, wenn es um das Heil in Not Geratener geht. Einige Mehlschwalben verdanken uns ihr Leben. Sie nisten in einer Kolonie unter der Traufe des Daches. Ihre Lehmbauten hängen dicht an dicht. Jeden Morgen wischen wir eine Ladung Mehlschwalbenkot vom Steg. Das gehört zur Stellenbeschreibung. Die Aufzucht der Jungen beobachten wir mit Freude. Auch die Gäste finden Vergnügen daran. Die Elternvögel jagen den ganzen Tag. Sie schwirren durch die Luft, fliegen hin und her, ein und aus. Eifrig werden die nimmersatten Nestlinge mit Insekten gefüttert. Sind die kleinen Bettler flügge, starten sie ihre Flugversuche. Die enden hin und wieder im Juwelin. In diesem Fall kommen Felix und ich ins Spiel. Wir fahren mit dem Ruderboot raus und fangen die hilflos treibenden Knäuel ein. In einem ausgepolsterten Karton finden sie Unterschlupf, bis sie wieder bei Kräften sind. Bei der Rettung unerfahrener Kanuten machen wir es ähnlich. Sie kommen nicht in einen Karton, aber zum Aufwärmen und Umziehen in die Halle. Aufgepäppelt werden sie mit Kaffee oder Kakao.

An einem windreichen Dienstagmorgen kentert ein Vierer-Canadier vor dem Bootsverleih. Kalte Nordluft fällt an diesem Tag in die eiszeitliche Rinne des Juwelins ein. An den steilen Hängen entlang ziehend, durchbraust sie die grünen Wipfel der Bäume. Äste und Zweige tanzen, wiegen sich und biegen sich. Ihre Blätter überschütten jede Bewegung mit rauschendem Beifall. Unten rollen Wellen südwärts über den See. Manche Kämme schäumen. Mit ungewöhnlicher Intensität bläst es im Tal. Auf Höhe des Fährhauses knickt der Juwelin leicht nach Südosten ab. Dort ist das Wasser bei solch einer Wetterlage ruhiger. Der Hollerkamm schützt von hier ab vor dem Wind. In dessen Schatten kommt ein einsames Kanu mit Viererbesatzung der Fährstation entgegen. Gekko beobachtet die Kanuten mit dem Feldstecher. Felix und ich stehen neben ihm. Unsere Haare wehen.

»Und, Herr Kaleun, was kommt auf uns zu?«, frage ich.

»Zwei dicke Freizeitkapitäne plus Ehefrauen. Dat Boot is' von 'nem anderen Verleiher. Paddeln schön im Zickzack. Haben jetzt schon Schwierigkeiten. Wat soll dat erst werden, wenn die in' Wind fahr'n.«

»Also manchma' … ich weiß nich'«, murmelt Felix.

Das ist einer seiner Lieblingssprüche, um seine Verwunderung über andere zum Ausdruck zu bringen. Es gibt ihn auch als Variante.

»Also manchma' … dat is' du!«

Deckung vor der zügigen Nordluft suchend, folgen wir dem weiteren Verlauf der Seefahrt. Die Einbiegung in den Strömungskanal ist nahe. Die Spannung steigt. Der Wind erfasst die Spitze des Kanus. Wasser klatscht an die Bootswand. Der Rumpf treibt ab. Ein paar Meter kämpft das Himmelfahrtskommando tapfer gegen den totalen Kontrollverlust an. Dann hören drei Besatzungsmitglieder gleichzeitig auf zu paddeln. Eine Woge bringt das Boot zum Schaukeln, die nächste drückt es quer zu den Wellen, eine dritte sorgt dafür, dass die Paddel fliegen und die festgekrallte Mannschaft samt Kanu eine Drehung um 180 Grad vollführt. Gelbe Schwimmwesten treiben auf. In ihnen retten sich die Gekenterten zum kieloben treibenden Canadier. Der Fährmann kommt aus seinem Gartenhäuschen.

»Mensch! Wat macht ihr denn für Sachen?«, ruft er.

Einsatzbereit springen Felix und ich in eine Anka und rudern zum Unglücksort. Gekko und der Fährmann überwachen die Rettung vom Steg aus. Die Verunglückten nehmen ihr Schicksal mit Humor.

»Die Frauen sind egal, Hauptsache, ihr rettet das Bier!«, witzelt einer der Männer.

Während ich das Kanu abschleppbereit mache und Felix nach den Habseligkeiten der Paddler fischt, schwimmen die Pechvögel zum Ufer.

»Oh oh, da haben wir uns aber blamiert!«

»Und das auch noch vor so vielen jungen Männern!«

»Hoffentlich sitzt die Frisur einigermaßen!«

Kichernd greifen die Damen nach den helfenden Händen des Fährmanns, die er ihnen bei ihrer Ankunft an der Badeleiter reicht. Ihre Kleider triefen vor Nässe. Die Männer steigen ein paar Meter weiter aus dem Juwelin. Der Fährmann nimmt sie in seine Obhut. Eingehüllt in große Handtücher erholen sich die vier von dem Schrecken, den ihnen die aufgepeitschte See bereitet hat. Das Hab und Gut der Gekenterten konnte gerettet werden. Wasserdicht verpackt liegt es neben Kanu und Paddel sicher an Land. Der geborgene Gerstensaft aus der Biertonne wird zum Dank herumgereicht. Jeder stößt an und trinkt eine Flasche.

»Ja, ja, wie ich immer sage, Seefahrt ist kein Zuckerschlecken! Neulich hatten wir ein junges Pärchen mit Hund. Die haben sich hier ein Kanu geliehen und sind los. Und dahinten«, der Fährmann zeigt mit seinem Finger aus dem Fenster, »hat es plötzlich plumps gemacht. Wie bei euch. Da mussten die Jungs auch mit dem Bereitschaftsboot raus. Windig war es an dem Tag nicht. Die hatten ihren Hund nur nicht im Griff. Der Köter hat ´ne Ente gesehen und ist rausgesprungen. Nun hat der Besitzer den Fehler gemacht, ihm nachzugreifen, anstatt ihn zu lassen. Und schon hat sich die große Waschmaschinentrommel in Gang gesetzt. Portemonnaie weg, Handy weg. Das hatte er zwar in eine dichte Tüte gepackt, aber keine Luft drin gelassen. Vielleicht findet es irgendwann ein Taucher. Doch so tief wie der Juwelin ist, kommt das nie wieder ans Tageslicht. Mann, was die Leute hier schon alles verloren haben! Einer hat sich auf'm Tretboot umgezogen. Kurz danach kam er zurück. Sein Autoschlüssel war weg. Ist ihm aus der Tasche gefallen. Brillen, Messer, Taschenlampen, liegt alles unten auf Grund. Von den Sonnenschirmen auf unseren Tretbooten haben bei Wind auch schon zwei `nen Abflug gemacht. Eine kräftige Böe und weg war'n se.«

Das Bier ist alle. Die Reden des Fährmanns enden mit der Ankunft des Verleihers, der die Gestrandeten samt Kanu abholen will. Wir helfen der Konkurrenz beim Verladen. Hände werden geschüttelt, Dankesworte gesprochen, ein Zehn-Euro-Schein wandert geradewegs in unsere Kaffeekasse.

Im Laufe des Abends flacht der Wind ab. Das Rauschen um uns herum verstummt. Gekko und ich beschließen, den Caféstęg nach Münzen abzusuchen. Dieser Tätigkeit ist lange niemand mehr nachgegangen. Verliert ein Gast Kleingeld, landet es meist im Flachwasser auf den Steinen unter den Holzbohlen. Liegt es dort, kann man es durch die Ritzen erspähen, kommt aber nur vom Wasser aus ran. Gekko ist ein wahrer Meister in dieser Disziplin. Sein geübter Blick entdeckt alles, selbst jene getarnten Taler, deren Oberflächen sich bereits an das Erscheinungsbild des Untergrundes heranpatiniert haben. Die Schatzsuche ist uns ein schöner Zeitvertreib. Wird ein Geldstück aufgespürt, springt einer von uns ins Wasser und birgt es. Fünf Euro zählen wir am Ende dieses Tages. Sie landen als Trinkgeld beim Zehner in der Gemeinschaftsspardose. Hacki kommt zu mir.

»Jan, was ich dir noch sagen wollte, morgen bringe ich vielleicht wieder Wachteleier mit. Heute gab's keine, weißt. Aber morgen könnt's klappen.«

Ist sein Nachbar nicht da, kümmert sich Hacki um dessen Viehzeug. Da ihm mein kulinarisches Wohlbefinden am Herzen liegt, bringt er mir dann immer die schmackhaften Eier der starengroßen Hühnervögel mit.

»Jo, Hacki«, geht Gekko dazwischen, »ansonsten hauen wir deine Eier in die Pfanne, die sind genauso klein.«

»Na und«, kontert Hacki schlagfertig, »dafür hast du nur eins, ein verschrumpeltes!«

Der Fährmann kommt hinzu.

»Was' denn hier los? Geht ihr euch schon wieder gegenseitig auf den Sack? Mann, Mann, Mann! Habt ihr Hunger? Ich lade euch alle ein zum Abendbrot. Weil ich ein netter Mensch bin. Wir fahren in die Kaffeemühle.«

Das Café heißt eigentlich *Dé Kaeffchenmoehl*. Der Fährmann lädt uns öfter dort hin ein. Es lockt mit selbstgebackenen Kuchen, Torten und feinen Kaffeespezialitäten, frisch gezapftem Bier vom Fass und hausgemachten warmen Speisen. Inhaber Krischan snackt gern Landberger Plattdüütsch.

»Sök di wat ut, min Jung«, sagt er immer, wenn er mir die Karte überreicht.

Was wir auch bestellen, die Abende enden stets mit einer eierlikörgetränkten Kugel Schokoeis.

In Burgstadt essen Lisa und ich am liebsten im Hardys. Das liegt gleich bei mir um die Ecke. Dem Verhältnis von angebotener Qualität und abkassiertem Geldwert gebührt hohes Lob. Das Personal ist bestens gelaunt, der Geschmack des hauseigenen Speiseeises unübertroffen. Mein Hauptinteresse gilt dem Steak „Strindberger Art". Damit kitzle ich meinen Gaumen und ärgere den Koch. Der stöhnt, wenn jemand die aufwendige Senf-Zwiebel-Ei-Hülle ums Fleisch haben will. Doch was soll ich machen? „Strindberger Art" schmeckt hervorragend. Lisa hingegen hat eine Schwäche für den Salat „Milano" mit gebratenem Hähnchenbrustfilet. Besonders das vorzügliche, ebenfalls eigenproduzierte Honig-Senf-Dressing hat es ihr angetan. In Begleitung zweier Burgstädter Biere lassen wir uns die Gerichte dort regelmäßig munden. Heute aber nicht – der Grillnachmittag bei meinen Eltern ist angesagt.

Nach unserem Friedhofsbesuch verspüren wir Hunger. Die Kastanien nehmen wir als herbstliche Gabe mit. Lisas Dienstwagen steht auf dem Hof. Bevor es auf die Reise geht, stelle ich eine Gewürzmischung zusammen.

Ich schneide Zwiebeln und Knoblauch, hacke sämtliche Kräuter, die meine Terrassenbepflanzung hergibt, und verknete alles in einer Porzellanschüssel mit einem Stück Butter. Lisa kostet.

»Oh, Herr Becker, köstlich! Da werden wir morgen aber stinken.«

Meine Kräuterbutter erfreute sich bisher allerorts bester Kritik, ganz im Gegensatz zum würzigen Bouquet der Körperausdünstungen nach deren Verzehr. Geruchsdicht in Folie geschlagen kommt der feine Grillfleischaufstrich in eine Kühltasche. Diese wandert mit uns die Treppen hinunter und landet hinter dem Beifahrersitz. Bei Floristik Ingo hole ich einen Gruß für meine Mutter. *Blütentopf* hat der Blumenhändler meines Vertrauens seinen Laden genannt. Dank der Nähe zum Friedhof macht er einen großen Teil seines Umsatzes mit Grabgestecken. Mit sechs Sonnenblumen in der Hand marschiere ich zum Auto. Eine schenke ich Lisa, die hinter dem Lenkrad auf mich wartet. Ich überreiche sie mit einem Kuss auf ihre Stirn. Die Reise beginnt. Während Lisa fährt, zähle ich die Nagelstudios und Bestattungsinstitute des Stadtteils. Aus einem Getränkeshop taumelt der verrückte Spike. Er ist bekannt im Bezirk und sehr verhaltensoriginell. Im kulinarischen Sprachgebrauch der Restaurant- und Cafébesitzer heißt es, er hätte einen an der Waffel, die evangelische Kirchengemeinde Süd ist derselben Meinung, ersetzt Waffel nur durch Glocke und Trödelhändler Jimmy drückt es in der typischen Diktion seines Metiers aus:

»Der Typ hat `nen Sprung in der Schüssel.«

Wie man es auch wendet oder dreht, in der Grundaussage gehen alle konform: Spike hat nicht mehr alle Latten am Zaun. In seinem Schrank befinden sich, wenn überhaupt, nur noch sehr wenige Tassen. Ich gehe ihm aus dem Weg. Kommt er mir entgegen, blicke ich geradeaus. Wer ihm die kleinste Aufmerksamkeit schenkt, wird ihn nicht mehr los. Einst schlug er sich im Ring durchs Leben. Das hat ihn gezeichnet. Seinem Kopf hat die Boxerkarriere schwer geschadet – innerlich wie äußerlich. Spike hätte mehr an seiner Deckung arbeiten sollen. Nun steuert sein ausgeknockter Geist ihn pöbelnd und wankend durch die Straßen.

»Heil Hitler!«, schallt es aus seiner rauen Kehle.

Der Beeinträchtigte leidet an einer Art Nazi-Tourette. Ausländer sind ihm fremd, mit denen will er nichts zu tun haben. Die rechte Gesinnung wirkt bei Spike besonders authentisch, seine Haut ist so braun wie seine Parolen. Der Glatzkopf hat zentralafrikanische Vorfahren. Gern stellt er sich als Professor Doktor für irgendetwas vor. Seine irrwitzigen Fantasien wiederholen sich ständig. Im Winter erzählt er alljährlich die Geschichte von seiner Tochter. Sie sei in London, würde nichts von ihm wissen wollen. Er bräuchte unbedingt ein Weihnachtsgeschenk, denn zum Heiligen Abend käme sie ihren Vater nichtsdestotrotz besuchen. Je mehr Sprit er tankt, desto aggressiver wird er. Eine Straßenbahnfahrt mit einem grölenden Spike ist kein Vergnügen. Im Hardys flogen schon die Stühle. Das Opfer der schnellen Fäuste wird polizeilich betreut. Die Beamten haben den Angeschlagenen auf dem Kieker. Manchmal ist Spike wochenlang wie vom Erdboden verschluckt. Er sei wieder im Knast, heißt es dann.

In einem ähnlich desolaten Zustand befinden sich auch einige Patienten der Landberger Suchtklinik. Hoch oben über dem Juwelin, hinter dem Wald, am Beginn der Zufahrt zum Fährparkplatz steht ihr Komplex. Vorwiegend Alkoholkranke finden sich dort ein. Zwei von ihnen sind Thorschti und Karotte, alte Bekannte in der Therapie. Gekko nennt sie liebevoll „Die zwei von der Cognac-Ranch". Nach nächtlichen Regengüssen schöpfen sie für den Fährmann ab und zu die Boote aus, noch vor dem ersten Hahnenschrei. Im Gegenzug dürfen die Frühaufsteher kostenlos mit dem Ruderboot zum Angeln rausfahren. Den unbefestigten Weg neben der Klinik zieren regelmäßig Schlaglöcher. Wenn sie von der Fährmannscrew mit Schotter aufgefüllt werden, helfen Thorschti und Karotte je nach körperlicher Verfassung mit. Sie stampfen das Füllgut fest. Thorschti sieht trotz seiner jahrelangen Trinkerlaufbahn halbwegs human aus, etwas ausgezehrt und ledrig, sonst geht es. Er beschreibt sich selbst als typischer Quartalssäufer. Einige Monate hat er sich unter Kontrolle, dann steigt der Trinkdruck und er erleidet einen Rückfall. Seine Psyche spielt ihre Spielchen mit ihm. Solange er sich therapeutisch helfen lässt, hält er der Versuchung stand. Meistens scheitert das Trockenbleiben daran, dass er nach einiger Zeit das Ziel der Behandlung aus den Augen verliert und denkt, er sei aus dem Gröbsten raus. Dann wird er nachlässig mit sich, verliert die Disziplin. Seine Gedanken treiben ihn in die Enge. Er beginnt, beim Passieren eines Schnapsregals für einen Moment innezuhalten, glaubt, ängstliche Gefühle betäuben zu müssen und wird von Tag zu Tag unruhiger. Sein subjektiv wahrgenommenes Verlangen nach Alkohol steigt, trotz des gefassten Entschlusses, das teuflische Gesöff nicht mehr zu konsumieren. Sich der Konsequenzen voll bewusst, greift er schließlich zur Flasche. Auf drei Tage des Komasaufens folgt ein qualvoller, kalter Entzug. So lief es bereits viele Male und immer wieder hofft Thorschti, dass seine Einlieferung in die Ballerburg, die letzte war. Neben „Cognac-Ranch" ist „Ballerburg" ein beliebtes Synonym für die Klinik der Alkoholkranken. Besonders Gekkos unübertroffener Sprachgenius bedient sich gern dieses Wortes. Die Leidensgenossen selbst haben ihre Herberge auf den Namen „Fanta-Farm" getauft. Karotte hat der Alkohol kräftiger zugesetzt als seinem quartalsaufenden Kumpel. Das zierliche Männchen lebt in seiner ganz eigenen Welt. Zehn Jahre lang schwebte Karotte im Dauersuff schwerelos durch die Galaxie der Bewusstlosigkeit. Erst nachdem seine Leber in einem dramatischen Bittschreiben an die Vernunft mit baldiger Kündigung drohte, wachte Karotte auf – aus seiner Lethargie und im Krankenhaus. Seitdem gehört er zum Inventar der „Cognac-Ranch". Seinen Namen verdankt er der Jugendzeit als Punker. Karottes Denkapparat hat ihm die Dekade des alkoholischen Dahinsiechens übelgenommen. Sein Gehirn verweigert seit dem Moment des Erwachens die uneingeschränkte Kooperation. Der Patient leidet unter Verfolgungswahn. An besonders wirren Tagen trägt er eine Haube aus Aluminiumpapier auf dem Kopf.

»Damit sie nicht meine Gedanken durchleuchten können«, erklärt er.

Wen er mit *sie* meint, ist nicht ganz klar, vermutlich die Geheimdienste. Sein Handy bewahrt er im Kühlschrank auf. Es ist mehrfach mit Folie umwickelt. So kann ihn niemand abhören. Wenn er gut drauf ist, behauptet Karotte, sieben verschiedene Wohnorte und genauso viele Identitäten zu besitzen. Er webt ein Netz der Verschwörung um sich. Jeder will was von ihm. Nur was? Das weiß Karotte selbst nicht. Eines haben all seine Identitäten gemein: die krumme Nase. Der Zinken des Aluminiummützenträgers sieht aus wie der Rechtsabbiegepfeil im Straßenverkehr. Als Kind ist Karotte beim Spielen vom Stallboden gefallen, Nase voran. Dabei hat er sie sich zum ersten Mal gebrochen. Den zweiten Schlag bekam sein Riechorgan in der Jugend, als ein LKW-Fahrer Karottes Kopf beim Aussteigen versehentlich mit einem Türstopper verwechselte. Damals hat der Pechvogel auf dem Brummiparkplatz seiner Heimatstadt mit Vorliebe Aufkleber getauscht, die die Trucker von ihren Touren mitbrachten. Den dritten Knacks verdankt er sich selbst. Nach erfolgloser Schlüsselsuche, wollte der Hobbyheimwerker mit einem Kuhfuß eine Schublade in seiner Werkstatt aufbrechen. Unter voller Spannung rutschte die Eisenstange ab und schlug ungebremst ins nasale Knorpelgewebe ein. Wahrscheinlich war er bei dieser Aktion bereits alkoholisch vorgeprägt.

Das favorisierte Kleidungsstück von Thorschti und Karotte ist die Latzhose in Jeansoptik. Eine andere Mode kommt ihnen nicht auf den Leib. Da kongruieren beide geschmacklich. So verkorkst sie sein mögen, sie sind friedvolle Seelen, neigen nicht zur Boshaftigkeit.

Spike hingegen ruft allein schon durch seine Lautstärke Abwehrreaktionen bei mir hervor. Er brüllt wieder irgendwas Unverständliches in die Luft. Die Autofenster sind oben, das Radio läuft. Sein verbaler Erguss dringt nur dumpf bis zu mir vor. Lisa schüttelt den Kopf.

»Das ist ein Typ. Gruselig.«

Der Weg zu meinen Eltern streift das Seniorenheim „Glück auf". Wie eine Erinnerung zieht es vorbei. Im letzten Jahr hat meine Oma dort ihren 89sten Geburtstag gefeiert. Es sollte ihr letzter sein. Das große Familienfest zum 90sten wollte der Tod ihr nicht mehr gönnen. Asche zu Asche, Staub zu Staub. Ihre Urne ruht auf dem Bergmannsfriedhof im westlichen Teil der Stadt neben dem Grab von Opa Willi. Auch Omas Weggefährten Frau Männe und Herr Rot weilen nicht mehr unter uns. Die inzwischen 103-jährige Frau Wanka erfreut sich hingegen quietschfidel bester Gesundheit. Herr Müller zieht weiterhin seine Runden und versteckt alle Stöpsel, die er im Heim finden kann. Sogar der demente, an den Rollstuhl gefesselte Herr Fritze begrüßt die Besucher nach wie vor mit einem a cappella dahingeschmetterten Freddy-Quinn-Gassenhauer.

»Wenn ich mal tot bin und noch ein paar Piepen zum Vererben übrig sind«, sagte Oma oft zu mir, »dann erfülle dir von diesem Geld einen Traum. Du hast alle Möglichkeiten dazu, mein Schöner, die hatte ich früher nicht.«

Oma Erna besaß Gebefreude. Sie hat den Großteil ihrer Piepen schon vor ihrem Tod an ihre Liebsten verteilt. In meiner Familie war das Erbe nie ein besonderes Thema. Klar, ich habe mich über die 3.000 Euro gefreut, die sie mir hinterlassen hat, aber einen familiären Streit darum hätte es nie gegeben. Ich wünschte, Oma wären die Qualen erspart geblieben. Zwei Monate dauerte ihr Sterben. Sie stellte die Medikamente ein, das Essen, später das Trinken. Ihre Schmerzen nahmen zu. Die Morphiumdosen wurden erhöht. Ihr Geist wollte nicht mehr leben, doch ihr Herz schlug weiter. Es widersetzte sich ihrem Willen. Sie war eine Frau von großer Gestalt. Am Ende des Leidens jedoch lag ein anderer Mensch vor mir. Ohne die Gewissheit, dass es sich um meine Oma handelt, hätte ich sie nicht mehr erkannt. Meine Mutter hielt die Hand ihrer Mutter, als der letzte Atem deren Lunge verließ. Ich pflege kein religiöses Verhältnis zum Tod. Meine Furcht davor ist begrenzt. Das Bewusstsein der eigenen Sterblichkeit ist unangenehm, trotzdem habe ich mich mit der Tatsache abgefunden, nur für kurze Zeit als denkende Lebensform auf dem blauen Planeten zu wandeln. Ich weiß nichts, glaube aber auch an nichts. Niemand hält seine Hand über mich. Niemand bewahrt mich vor irgendetwas oder straft mich. Den Sinn oder Unsinn des Daseins sehe ich relativ. Ich bin für mich selbst verantwortlich. Was ich entscheide, hat Konsequenzen, die auf meiner Entscheidung beruhen. Ich bin einer von vielen, ein Mensch wie jeder andere, ein hochentwickeltes Tier unter anderen hochentwickelten Tieren. Meine Existenz ist das Ergebnis permanenter Fortpflanzung und Selektion. Einhundert Jahre alt werden zu können, erfüllt mich mit Freude, doch es ist nur eine Möglichkeit von vielen. Wenn mich morgen ein Auto überfährt oder mich ein Dachziegel erschlägt, dann ist es so, dann bin ich weg. Jedem Lebewesen, das auf der Erde geboren wurde, erging es bisher gleich. Geburt und Tod gehen Hand in Hand. Trifft mich eine Krankheit oder eine Behinderung ist es kein Schicksal, es ist Pech, genetisches Risiko oder die Konsequenz meiner Lebensweise. Nur das Ego fragt nach dem Warum, dem Weltenlauf ist es egal. Ich bin mir des Glückes bewusst, das Leben führen zu können, das ich führe. Ich leide keinen Hunger, werde nicht verfolgt oder von Bomben bedroht, muss mich keiner Doktrin unterwerfen. Ich bin ein freier Geist, grenzenlos, zweifelnd, kritisch, manchmal stark, manchmal schwach, wohlwollend dem gegenüber, was mich umgibt, dessen Teil ich bin. Für mich existieren nur menschliche Werte. Sie sind gebunden an die Grundbedürfnisse des Lebens, die auf der ganzen Welt gleich sind. Alles andere ist in meinen Augen Hokuspokus, Ablenkung, Beeinflussung, überflüssig. Die Bedeutung des Wortes Ewigkeit ist für mich gedanklich nicht greifbar, die Beschäftigung mit dem *nie wieder* löst kein emotionales Wohlbefinden aus, doch mich steuert weder Angst, noch die

Instrumente, die aus ihr ihre Macht schöpfen. Im Hinblick auf die eigene Vergänglichkeit tröstet mich die Natur und das Prinzip des Energieerhaltungssatzes. Mein Körper zerfällt, dient dem Ökosystem als Nahrung und gibt neuem Leben Kraft. Ob mein Bewusstsein dann in höhere Sphären aufsteigt, sich in Nichts auflöst oder etwas völlig Unerdachtes vollführt, bleibt der Überraschung des Moments vorbehalten. Mutmaßungen darüber beeinflussen nicht die Art meiner Lebensführung.

»Oh Gott, oh Gott, oh Gott!«, raunt ein Besucher aus Thüringen, als die Kirchentruppe um Pfarrer Oßwald inmitten des Juwelins ihren Schöpfer lobpreist. »Das ist zwar ein Paradies, aber doch in weltlicher Hinsicht, nicht in christlicher. Jetzt fangen die zu singen an. Fehlt nur noch das Vater Unser. Um Himmels Willen, wir sind hier im Naturschutzgebiet, nicht in der Kirche!«

Zehn Kanus treiben zu einer Insel vereint vor uns.

»Wat denn? Jeder soll nach seiner Façon selig werden«, antwortet der Fährmann. »Ich sach dir, ꞌne lustige Kompanie isꞌ dat. Die sind in Ordnung. Kommen jedes Jahr im Sommer nach Landberg und halten auf dem See ihre frühmorgendliche Mette ab. Mit den Jungs und Mädels kann man gut einen heben, die sind trinkfest und feiern gern.«

Gekko und ich beobachten das Treiben verwundert, aber kommentarlos. Nebenbei bereiten wir ein Old-Town-Zweierkajak für den Gotteslästerer und seine Frau vor. Der heilige Zirkel auf dem Wasser löst sich auf. Die Schäfchen beginnen ihre Paddeltour. Aus dem Café kommt Hacki zu uns geschritten.

»Jetzt starten wir gesegnet in Tag. Heut' kann uns nicht mehr viel passieren.«

»Amen!«, antworten wir in perfekter Synchronizität.

Ich verfrachte das Thüringer Paar ins Boot, frage den Mann, ob er weiß, wie man paddelt.

»Ich bin Angler«, erwidert er.

Das ist eine Antwort, aber nicht auf meine Frage. Stirnrümpfend wende ich mich seiner Frau zu und er-kläre die Technik.

»Die Frau gibt den Takt an, wie zu Hause, der Mann klinkt sich ein und lenkt. Die Boote haben keine Fuß-steuerung, somit muss allein mit den Paddeln gelenkt werden. Ist nicht schwer, da der Juwelin keine Strömung hat. Vorn haben Sie damit nichts zu tun. Das macht ihr Mann. Sie paddeln nur immer schön gleichmäßig, dann läuft der Kahn.«

Fahrten im Zweierkajak geraten oft zur Bewährungs-probe für die Beziehung. Unerfahrene Paare stehen da-bei nicht selten kurz vor der Scheidung. Der Versuch, synchron zu paddeln und geradeaus zu fahren, birgt hohes Streitpotenzial. Meistens liegt dies an der Sturheit der Männer. Sie halten sich für heldenhafte Paddler, geben nicht zu, dass sie keine Ahnung haben und fahren ohne Technik los. Kreuz und quer geht es hinaus. An den Schlangenlinien ist erst die Frau schuld, dann das Boot und am Ende beide zusammen. Zweifel am eigenen Können kommen kaum auf. Der Mann meckert, ist zu keinem Kompromiss bereit, die Frau wehrt sich, gibt auf, verdreht die Augen und schweigt. Aus dem romantischen Ausflug in die Natur wird ein ehelicher Alptraum.

Der Tag hat es in sich. Die Segnung von Pfarrer Oßwald haut nicht hin. Es liegt etwas in der Luft. Ein Mann aus Niedersachsen vermisst 50 Euro. Während der Kanutour mit seiner Familie verweilte sein Rucksack bei uns im Bootslager. Er stand an der Wand neben den wasserdichten Tonnen. Auf Nachfrage erlaubt der Fährmann den Kunden des Verleihs, ihre Taschen für die Dauer des Paddelvergnügens dort abzustellen. Für deren Sicherheit übernimmt er keine Gewähr. Fest davon überzeugt, das Geld sei weggekommen, klagt er den Fährmann an. Seiner Frau und den Schwiegereltern ist der überhebliche Ton spürbar unangenehm. Unser Chef bleibt freundlich, erklärt ruhig, aber bestimmt, dass hier noch nie was weggekommen sei.

»Wer soll es denn deiner Meinung nach gewesen sein? Für meine Jungs lege ich die Hand ins Feuer. Hier klaut keiner, das ist Ehrensache. Soll ich dir die Kohle auszahlen? Oder was willst du? Fahr erst mal zurück ins Hotel. Ich sage dir, da liegt der Fuffi bestimmt irgendwo rum.«

»Ich bin mir sicher, dass ich das Geld im Rucksack hatte. Schweinerei!«

Pikiert schnappt der Herr seine Verwandtschaft und zieht von Dannen. Felix steht kopfschüttelnd neben mir.

»Manchma' … ich weiß nich'.«

Ich stimme ihm zu und entgegne adäquat: »Manchma' … dat is' du.«

Es wird einstimmig beschlossen, den Mann auf die Rote Liste der arroganten Darmausgänge zu setzen.

»So ein Einfallspinsel. Macht hier den Macker. Was denkt der eigentlich, wo er hier ist? Und nachher erzählt er überall rum, beim Fährmann wird geklaut. Das isses mir nich' wert. Da gebe ich ihm lieber das Geld und hab meine Ruhe.«

Nachdem der Fährmann seinem Ärger Luft gemacht hat, widmen sich Felix und ich der Außenwand des Bootshauses. An der Holzbeplankung hängen leere Insektenhülsen. Wir nehmen sie unter die Lupe und erstellen ein hobbywissenschaftliches Forschungsprotokoll. Es handelt sich um die Überbleibsel frisch geschlüpfter Libellen. Libellenweibchen legen ihre Eier nach der Paarung auf unterschiedliche Art und Weise ab. Einige werfen sie im Flug ins Wasser oder in Uferbereiche, die im Frühjahr überflutet werden. Andere Arten besitzen einen Legebohrer und stechen die Eier damit in Pflanzen und organische Materialien im und am Wasser. Dort überwintern sie. Im Lenz schlüpfen sogenannte Vorlarven, die von einer dünnen Hülle umgeben und dadurch bewegungsunfähig sind. Innerhalb von Minuten, manchmal auch Sekunden, befreit sich aus jeder dieser Hüllen wiederum die eigentliche Larve. Je nach Umgebungstemperatur verbringt diese Monate bis Jahre als Räuber und Jäger im Wasser. Sie verfolgen Kleintiere, pirschen sich an und lauern auf. Ihre Fangwerkzeuge am Kopf können hervorschießen und die Beute in den Mund ziehen. Libellenlarven atmen über Tracheen im Darm. Im Laufe dieses aquatischen Stadiums häuten sich die Insekten mehrmals. So passt sich ihr Chitinpanzer dem Wachstum an. Und dann, eines schönen Tages, meist am Morgen, krabbeln sie aus dem Wasser, klettern an Gräsern, Stengeln, Baumstämmen und Fährhauswänden empor und ankern sich fest. Eine kurze Ruhepause folgt. Die Larven stellen ihre Atmung von Wasser auf Luft um, was sie durch Auftauchen zuvor schon trainiert haben. Mit jedem Atemzug erhöht sich der innere Druck. Die Luft wird in das Insektenblut geleitet. Die Larvenhaut platzt am Kopf und an den Flügeldecken auf. Millimeter für Millimeter schiebt sich der unfertige Körper aus ihr heraus. Kurz vor dem Ende des Schlupfvorgangs bäumt sich die Libelle auf, ergreift ihre Larvenhaut am Kopf und zieht blitzschnell ihren Hinterleib heraus. Sind die Flügel aufgepumpt und der blasse Körper leicht ausgehärtet, beginnt der Jungfernflug. Die Metamorphose ist vollbracht.

»Jan! Felix! Fasst mal mit an!«

Wir unterbrechen unsere Chitinpanzer-Obduktion und folgen dem Ruf des Fährmanns. Er braucht Hilfe beim Entladen. Auf der Fähre stapeln sich einige Fahrräder. Mit zwölf Reisenden, einem Hund, einem Kinderwagen und fünf Drahteseln ist sie voll besetzt. Mehr passt nicht drauf. Die Räder liegen auf dem Ausstiegspodest übereinander und verhindern den geordneten Abgang der Passagiere. Behutsam heben wir sie an Land und stellen sie am Geländer ab. Der Fährmann kassiert seinen Obolus. Als er von Bord steigt, drückt er mir den Geldbeutel in die Hand.

»Auf der nächsten Fahrt kannst du mal wieder am Rad drehen, Jan.«

Eine zehnköpfige Damenrunde auf Wandertag begehrt, übergesetzt zu werden. Charmant biete ich jeder einzelnen die Hand und teile die Plätze zu.

»Zwei können vorn in der Mitte sitzen. Die anderen bitte immer eine links, eine rechts auf der Bank platznehmen.«

Heiter steigt Wanderin für Wanderin hinzu. Eine von ihnen hört nicht auf mich. Schwungvoll lässt sich die Inhaberin eines systemrelevanten Körpervolumens auf der falschen Seite nieder. Die ungleiche Gewichtsverteilung versetzt die Fähre ins Schwanken. Die fröhliche Runde jucht.

»Kann die Fähre umkippen?«

»Das kommt drauf an. Ist bisher nur zweimal passiert. Aber aller guten Dinge sind drei.«

Wir legen ab.

»Heute ist so herrliches Wetter und Sie sind so gut in Stimmung, trällern Sie doch mal ein Liedchen, meine Damen!«

Ich muss nicht lange bitten. Der Frauenchor setzt ein.

»Jetzt fahr'n wir über'n See, über'n See, jetzt fahr'n wir über'n See. Jetzt fahr'n wir über'n See, über'n See, jetzt fahr'n wir über'n See …«

Alle fangen an zu schunkeln und im Takt mit zu klatschen.

»… mit einer hölzern Wurzel, Wurzel, Wurzel, Wuhurzel, mit einer hölzern Wurzel, ein Ruder war nicht dran.«

Die Dame hinter mir ändert den Liedtext.

»… mit einem jungen Fährmann, Fährmann, Fährmann, Fähärmann, mit einem jungen Fährmann, den gucken wir gern an.«

Sie klatscht dabei abwechselnd in die Hände und auf meinen Hintern.

»Brigitte, was soll der junge Mann denn von uns halten? Du hast doch schon wieder zu viel Sekt getrunken.«

»Na und, Lotti? Du bist nur neidisch, weil du da hinten sitzt und nicht ran kommst.«

Ein Mann im Einerkajak stoppt seine Fahrt. Oberkörper frei legt er das Paddel vor sich ab. Da sich das Stahlseil vor ihm aus dem Wasser hebt, will er die Fähre passieren lassen. Brigitte und ihre Kameradinnen winken ihm zu.

»Schnittiges Boot!«, töne ich. »Mit Spritzdecke! Zeigen Sie den Damen doch mal 'ne Eskimorolle!«

Ohne mit der Wimper zu zucken, kippt der Wassersportler nach rechts, taucht ab und lässt sich nach einer geschmeidigen 360-Grad-Drehung vom begeisterten Publikum huldigen.

»Hier bekommt man was geboten, oder?«, rufe ich meinen Gästen zu.

Die Stimmung ist am Brodeln. Das nächste Lied wird angestimmt.

»Eine Seefahrt, die ist lustig, eine Seefahrt, die ist schön …«

Fünf Meter vorm Ufer halte ich die Fähre an. Zwei Fahrradfahrer haben den roten Pfeil nach unten geklappt und warten auf ihre Überfahrt. Sie beobachten uns. Weitere Menschen sind auf dem Weg runter zum Juwelin. Ich kann sie nicht sehen, höre aber ihre sich nähernden Stimmen durch den Wald hallen.

»So! Jetzt kommt das Wichtigste! Ohne Entlohnung lässt der Fährmann keine Frau von Bord.«

Brigitte wacht über die Gemeinschaftskasse. Mit einem Strahlen im Gesicht bezahlt sie und überreicht mir 5 Euro Trinkgeld. Ich bedanke mich.

»Jederzeit gerne wieder junger Mann. Es war uns ein Vergnügen.«

Gackernd betreten sie das Festland und marschieren hoch zum Hollerkamm.

»Also, den hätte ich auch in Naturalien bezahlt …«, vernehme ich Brigitte in der Ferne scherzend.

Die Wartenden steigen ein. Ihre Fahrräder stelle ich gegen das Geländer und fixiere sie mit einem Gummiband. Die Leute, deren Laute zuvor vom Hang in mein Gehör schwangen, wollen auch mit rüber. Auf der Rücktour vermittle ich mein erlerntes Wissen über den Juwelin. Die Fahrt ist nicht so amüsant wie die vorhergegangene, dafür fliegt ein Fischadler über unsere Köpfe hinweg. Horst hat mir auf unserem DNG-Floß-abenteuer einiges über die Vögel erzählt, daher kann ich den Besuchern, die sofort ihre Ferngläser zücken, nun tiefgreifende Kenntnisse in der Ornithologie vorgau-keln. Fischadler sind Grifftöter, das heißt, sie töten ihre Beute mit ihren kräftigen Krallen. Wenn sie einen Fisch entdecken, bleiben sie im Rüttelflug in der Luft stehen. Mit bis zu 70/80 Kilometern pro Stunde stürzen sie ins Wasser und greifen zu. Die Tiere besitzen eine Drehze-he. An Vogelfüßen richten sich drei Zehen nach vorne und eine nach hinten. Beim Fischadler ist das auch der Fall, beim Angriff kann der jedoch die äußere Zehe zu-sätzlich nach hinten drehen. Seine Fänge nehmen die Beute dadurch regelrecht in die Zange.

»Wie alt wird ein Fischadler?«, möchte ein interessier-ter Zuhörer wissen.

»Bis zu 24 Jahre können sie werden. Im Gegensatz zum Seeadler sind sie über Winter nicht standorttreu. Da die Tiere fast ausschließlich Fisch fressen, und die Deckung ihres Bedarfs hier in der kalten Jahreszeit nicht gegeben ist, müssen sie nach Nordafrika ziehen. Der Seeadler hat es da leichter. Der begnügt sich auch mit Aas.«

Die Fährfahrt endet. Ich kassiere, verabschiede mich und gehe nach hinten. Unvermittelt steht das vermeintliche Diebstahlopfer aus Niedersachsen vor mir. Peinlich berührt entschuldigt es sich beim Fährmann.

»Sie hatten Recht. Die 50 Euro lagen auf meinem Nachtschrank in der Pension. Mein Verhalten Ihnen gegenüber tut mir leid. Ich muss Ihnen Respekt zollen, dass Sie so friedlich geblieben sind vorhin. Ich war nicht gerade nett zu Ihnen.«

»Ist vergeben, aber nicht vergessen. Ende gut, alles gut.«

Die Zeit vergeht. Die Boote gehen raus, wie am Laufband. Die Fähre zieht sich von Ufer zu Ufer. Ein guter Tag aus wirtschaftlicher Sicht. Gekko springt auf.

»Nu' bin ich gespannt, ob der Dicke wieder Stress macht.«

Er blickt auf drei Paddler, die gerade zurückkehren. Felix klärt mich auf, dass der Dicke gerne Boote für sich und seine Kumpels ausleiht und hinterher versucht, den Preis zu drücken. Gekko hasst ihn. Der gewichtige Typ legt an.

Gekko: »Und? Wie war die Reise?«

Gewichtiger Typ: »Ganz gut. Aber über eure Boote müssen wir uns unterhalten.«

Gekko: »Brauchst gar nicht erst anzufangen, zu schachern!«

Gewichtiger Typ: »Was soll das denn jetzt heißen?«

Gekko: »Du hast mich schon verstanden.«

Gewichtiger Typ: »Moment! Ich bin hier Kunde und der Kunde ist König!«

Beide wiegeln sich verbal mehr und mehr auf. Die Situation eskaliert.

Gewichtiger Typ: »Ich hau dir 'n Paddel vorn Kopp!«

Gekko: »Dafür fehlt dir die Geschwindigkeit! Ehe du ausgeholt hast, bin ich schon dreimal um dich rum gelaufen.«

Dem Dicken platzt der Kragen. Gekko macht sich bereit, ihm eine zu verpassen. Seine beiden Kumpels nehmen den schweren Kerl zur Seite. Einer führt ihn ab, der andere bezahlt.

»Der hat sich manchmal nicht unter Kontrolle, tut uns leid.«

»Das tut mir leid für ihn. Bestell schöne Grüße und sag ihm, dass er hier nicht mehr aufzukreuzen braucht.«

»Was ist denn heute bloß los hier?«, fragt der Fährmann. »Das hältste ja im Kopp nich' aus!«

Zur Beruhigung dreht Gekko sich einen Joint. Er hat ihn kaum vollendet, da kommt das nächste Unglück angerudert. Eine Mutter ist mit ihrem Sohn zum Angeln draußen gewesen. Der Kleine hat einen Wahnsinnsfang gemacht. An seinem Drilling hängt kein Hecht, sondern seine Mama. Zwei Widerhaken des Köders haben sich tief im Fleisch ihrer linken Wade verankert. Petri Dank! Im Kreis stehend, begutachten wir die blutende Wunde. Der Unfallverursacher ist ganz blass und hält verschüchtert seine Rute fest.

»Oh, dat hatte ich auch mal«, meint Gekko, »bei mir hingen zwei Haken im Hinterkopf.«

»Und die Folgeschäden merkt man heute noch!«

»Ha, ha, ha! Witzig, Jan, du Beutel.«

Der Fährmann kniet sich hin.

»Ist wohl beim Auswerfen passiert, was? Kriegste nicht so leicht raus. Die stecken fest.«

»Laufen kann ich ja noch. Komm Tim, wir fahren zum Doktor. Der muss das machen. Was bin ich schuldig für das Ruderboot?«

»Lassen se ma' gut sein, junge Frau. Das geht aufs Haus. Weil ich ein guter Mensch bin. Ich sag ja immer, Seefahrt ist kein Zuckerschlecken.«

Humpelnd verlässt die Mutter das Gelände, Hand in Hand mit ihrem Sohn. Der Abend hält Einzug. Die Boote sind geputzt und verstaut, die Fähre ruht auf dem reflektierenden Wasser. Wir sitzen mit Sigi, Toni und Co von der Kirchentruppe zusammen bei Hacki und trinken einen. Auch der skeptische Thüringer hat sich zufällig eingefunden. Prösterchen folgt Prösterchen. Wir lassen den Juwelin hochleben. Unsere Gemeinschaft versteht sich prima. Zu später Stunde klopft die Müdigkeit an die Tür, doch wir gewähren ihr keinen Einlass. Hacki wirft sich ein Geschirrhandtuch über seine linke Schulter und stellt sich neben mich.

»Schlimm war dat heute, schlimm! Aber dat is' nur im Sommer so, weißt. Vielleicht wird's morgen wieder 'n bisschen ruhiger. Ich muss erst mal neuen Kuchen und Eis besorgen. Die Leute haben alles weggefuttert.«

Das ist auch Lisas und mein Tagesziel, alles weg zu futtern, was meine Eltern uns auftischen werden. Die kulinarische Vorfreude steigt. Als wir in jene Straße einbiegen, auf deren Pflastersteinen ich den Großteil meiner Kindheit verbracht habe, runzele ich meine Stirn.

»Was ist das denn?«

Vor der Einfahrt meines Elternhauses steht ein blauweißer Transporter mit Rundumleuchten. Aus seinem Dach ragt ein mindestens 5 Meter hohes Rohr in den Himmel, an dessen Spitze eine Rundfunkantenne befestigt ist. Die Straße zeigt sich menschenleer. Hinter einem Gartenzaun, drei Häuser weiter, bewegt sich jemand. Obwohl, von Bewegung kann keine Rede sein. Nachbar Rote steht breitbeinig da und beobachtet. Die Arme hält er verschränkt hinter dem Rücken. Seine großporige Nase zielt auf das ominöse Fahrzeug mit der überdimensionalen Antenne. Neugier hat ihn aus der Garage gelockt. Rotes Blicke wandern auf und ab. Nur die Pupillen heben und senken sich, der Kopf verharrt regungslos. Seine Gedanken scheinen ein imaginäres Fragezeichen in die Luft zu zeichnen. Nachbars Geist grübelt.

»Was geht bei Beckers vor sich?«

Das fragen Lisa und ich mich auch. Ist die NSA meinen Eltern auf die Schliche gekommen? Läuft hier gerade der große Lauschangriff? Hat eine außerirdische Intelligenz das Haus besetzt? Oder probiert mein Vater eine neue Form des Grillens aus? Herr Rote sieht uns kommen und nimmt eine neue Position ein. Mit abgelegten Händen und zur Seite gedrehtem Haupt lehnt er am Gartenzaun, pfeift ein Liedchen und starrt in unsere Richtung. *Funkmesswagen* steht an der Seitenwand des Kleinbusses. Lisa parkt ihr Auto davor. Wir steigen aus. Ich grüße Nachbar Rote per Handzeichen. Mit unseren Gastgeschenken laufen wir den Gartenweg hinunter, den ich als Jugendlicher zusammen mit meinem Vater gepflastert habe.

»Sieht immer noch einwandfrei aus der Weg. Keine Löcher, keine Huckel, da haben wir solide Arbeit hingelegt, mein Vater und ich.«

»Das erzählst du jedes Mal, wenn wir herkommen. Angeber!«

Nach meiner Zivildienstzeit wollte ich Physiotherapeut werden. Die Nachbehandlung eines Kreuzbandrisses beeindruckte mich einst derart, dass ich können wollte, was der Therapeut konnte. Ich wollte wissen, was er wusste und alles über die Funktionsweise des menschlichen Körpers lernen. Die Gesundheitsreform machte mir damals einen Strich durch die Rechnung. Selbst der Physiotherapeut meines Vertrauens riet mir von einer Ausbildung ab, weil die Zukunft des Berufes düster aussah. Von dieser Einschätzung habe ich mich beeinflussen lassen. Dumm nur, dass ich bereits einen Ausbildungsplatz angenommen hatte. Wenige Tage vor Beginn des ersten Lehrjahres sagte ich kurzentschlossen ab. Mir drohte die Arbeitslosigkeit. Ich landete bei einer Arbeitsbeschaffungsmaßnahme mit anderen jungen Leuten. Da waren ein paar richtige Flitzpiepen dabei. Das Niveau des Kollegiums lag nicht sehr hoch. Trotzdem lernte ich im Zuge dieser Maßnahme zwei wichtige Dinge für's Leben: Gabelstaplerfahren und Pflastern. Das Ergebnis kann sich heute noch sehen lassen: Vaters Gartenweg. Über diesen schleichen Lisa und ich nun gespannt der Klingel entgegen. Bevor ich sie betätigen kann, öffnet meine Mutter die Tür.

»Ach! Ihr seid ja schon da! Das ist schön. Ich wollte gerade nachsehen, was die Techniker machen. Die sitzen seit einer Ewigkeit in ihrem Antennenwagen. Sollten eigentlich schon wieder weg sein, aber das dauert.

Die halbe Straße wundert sich schon, was bei uns los ist.«

»Das glaube ich. Herr Rote stiert auch interessiert hinterm Zaun vor.«

Mütterlich herzliche Begrüßungsküsse und Umarmungen werden verteilt. Der floristische Gruß aus Sonnenblumen bringt Freude ins Haus. Lisa überreicht die selbstgemachte Kräuterbutter und die gesammelten Kastanien. Wir treten ein. Vater steht auf dem Hof. Er bereitet den Grill vor.

»Was messen die denn da draußen mit ihrer Riesenantenne?«, frage ich ihn.

»Hallo Lisa, hallo Jan. Na, seid ihr gut hergekommen? Die sind von der Entstörungsstelle und versuchen rauszufinden, warum wir hier manchmal keinen Radioempfang haben. Das geht bereits `ne ganze Weile so. Zu bestimmten Zeiten rauscht es nur noch in den Radios, die im Haus sind. Dann kriegen wir keinen Sender mehr rein. Nun kamen die ausgerechnet heute und sitzen seit fast zwei Stunden in ihrem Messwagen. Konnten bisher nichts finden. So oder so, das soll uns nicht abhalten, wir grillen jetzt. Ich habe Hunger.«

Während mein Vater draußen zu brutzeln beginnt und meine Mutter den Gurkensalat vollendet, decken Lisa und ich den Tisch. Das Radio läuft. Der Empfang ist tadellos.

»Vorführreffekt«, sagt meine Mutter aus der Küche kommend, »heute haut natürlich alles hin.«

Die Holzkohle glüht. Das Fleisch auf dem Rost wird gewendet, die Auswahl der Getränke diskutiert. Ein Bier für das Familienoberhaupt und eine Flasche Rotwein mit drei Gläsern sollen es sein. Lisa setzt sich an den Tisch. Ich nehme neben ihr Platz. Mutter füllt die Römer mit Rebensaft und fragt nach Neuigkeiten. Wir erzählen ihr von unserem Spaziergang auf dem Friedhof und der Waldohreule. Als Vater die zum Verzehr bereiten Steaks und Würstchen reinbringt, mache ich meinem Ärger über den Beginn der Laubbläsersaison Luft. Damit treffe ich einen wunden Punkt.

»Hör mir bloß mit Laubbläsern auf. Die Straßenreinigung kommt hier jetzt auch mit den Dingern an. Zwei Mann gehen die Bürgersteige ab und pusten die Blätter unter den parkenden Autos vor, alle in die Mitte der Straße. Dann starten sie die Kehrmaschine und saugen sie ein. Das ist doch alles nicht mehr normal. Würde ich den erwischen, der den Mist erfunden hat, würde ich ihm das Blasrohr hinten reinschieben und anmachen.«

Vater kann sich gut in Rage reden. Ich habe bisher von niemandem ein gutes Wort über Laubbläser gehört, trotzdem überfluten sie den Herbst – ein Paradoxon. Lisa wendet die Aufmerksamkeit diplomatisch dem Essen zu. Die Gemüter beruhigen sich. Wir stoßen an auf eine laubläserfreie Welt. Messer und Gabeln dringen ins Grillgut ein. Kräuterbutter zerfließt und lässt ihr Aroma frei. Der erste Bissen hat gerade die Mundhöhle erreicht, da klingelt es. Unsere Essbewegungen erstarren. Fragende Blicke kreuzen den Tisch. Meine Mutter legt ihr Besteck nieder und geht zur Tür. Scotty und Pille vom Raumschiff Enterprise stehen davor. Jeder hält einen Trikorder in der Hand.

»Bisher haben wir noch nichts gefunden. Wir würden dann jetzt im Haus messen, wenn sie uns Zutritt gewähren.«

»Einen besseren Zeitpunkt hätten Sie sich nicht aussuchen können. Kommen sie ruhig rein.«

Die Mitarbeiter der Entstörungsstelle wirken überrascht, als sie uns am Tisch sitzen sehen. Beide wünschen uns einen guten Appetit. Wir danken. Vaters Einladung auf Steak und Bier lehnen sie höflich ab. Während wir weiteressen, inspizieren sie mit ihren Messgeräten Raum für Raum. Ihre Scanner können nichts Ungewöhnliches feststellen. Die laufende Radiosendung schwingt störungsfrei durch den Äther. Der Rundgang endet ergebnislos. Es herrscht Enttäuschung auf allen Seiten. Vater begleitet Scotty und Pille zur Tür, fragt ein zweites Mal, ob Interesse an einem Bier besteht. Dem Aufleuchten ihrer Augen ist zu entnehmen, dass sie zu gern der Versuchung nachgeben würden, doch ihr Pflichtbewusstsein lässt keine Einwilligung zu. Die Kollegen empfehlen sich.

»Schade, aber wo nichts ist, können wir nichts finden. Tut uns leid. Auf …«

»Jetzt ist alles weg! Jetzt rauscht es nur noch!«

Der Ruf meiner Mutter durchdringt die Verabschiedung. Alle horchen auf. Es stimmt, das Störsignal ist wieder da. Hektisch werfen Scotty und Pille ihre Trikorder an und begeben sich auf die Suche nach dem Ursprung der feindlichen Strahlung. Nach wenigen Minuten des Erfassens und Beratens sind sich die Entstörer sicher, dass die Frequenzen, die den terrestrischen Empfang im halben Haus behindern, nur eine Quelle haben können: das Haus des Nachbarn. Draußen hat sich der Himmel bewölkt. Es ist schummrig geworden. Düstere Herbststimmung hat sich ausgebreitet.

»Das kommt eindeutig von da drüben. Ich habe auch schon eine Vermutung, wovon. Aber, um genau zu sagen, was die Störung verursacht, müssen wir zu Ihrem Nachbarn. Verstehen Sie sich gut mit dem?«

Mein Vater beruhigt Scotty und versichert ihm, dass Nachbar Hainer keine Gefahr darstellt, er, ganz im Gegenteil, gerne auf ein Garagengespräch unter Männern herüber kommt und nie das Angebot eines Freibieres ablehnt. Daraufhin zieht das Messduo los. Wie Sherlock

Holmes und Dr. Watson schleichen sie an der Hauswand entlang, über die Gartengrenze hinweg, vorbei am Pfirsichbaum und am Wohnzimmerfenster des Nachbarheims. Gespannt auf die Dinge, die nun kommen, lassen wir den Ermittlern unsere Blicke folgen. Sie messen akribisch und nicken sich in Einigkeit zu, bis sie Hainers Türklingel erreichen. Wir hören es schellen. Keine Reaktion im Eingangsbereich des nachbarlichen Domizils. Es läutet ein zweites Mal. Ein Lichtkegel schießt durch das Milchglas der Holztür und wirft seinen Schein auf die davor stehenden Männer. Die Pforte öffnet sich einen Spalt breit. Hindurch lugt ein Frauenkopf mit hellbraun gefärbter Hochsteckfrisur. Aus der Ferne identifizieren wir die Empfangsdame als Hainers Gattin Heidrun, deren Körperhaltung Skepsis und Misstrauen gegenüber dem unerwarteten Besuch zum Ausdruck bringt. Die Herren vom Entstörungsdienst gestikulieren, deuten auf den Messwagen, zeigen auf uns, bitten Heidrun um Verständnis und Einlass. Die zuckt mit den Schultern, brabbelt irgendwas von ihrem Mann und winkt die beiden herein. Wir ziehen uns ebenfalls ins Innere zurück. Auf die Rückkehr der Techniker wartend, räumen Lisa und meine Mutter ab und bringen den Nachtisch. Allein der Anblick der selbstgemachten Roten Grütze mit Vanillesoße erweckt süße Kindheitserinnerungen in mir. Die Grütze besteht aus mit Zucker aufgekochtem Sauerkirschsaft und Hartweizengries. Eine Mischung, in die ich mich hineinsetzen könnte. Ich kann nicht genug davon bekommen. Das weiß meine Mutter.

Vater bekommt sein Schälchen gereicht und sagt: »Mal sehen, wie lange die Jungs drüben bei Heidrun und Hainer brauchen und vor allem, was die dort haben, das eine derartige Beeinträchtigung unseres Empfangs verursacht.«

Ich bekomme mein Schälchen gereicht und sage: »Ist mir im Moment egal, mich interessiert nur noch die Grütze!«

Mutter erwähnt: »Das sind übrigens die feinen Sammelschälchen deiner Oma Erna. Die lagen ihr ganz besonders am Herzen, und, dass wir sie ja nicht wegwerfen und zu besonderen Anlässen daraus essen.«

»Na dann, guten Appetit! Auf Oma Erna! Und auf Ente Erna! Ente Erna vom Juwelin!«

Es ist zu niedlich mit anzusehen, wie frisch geschlüpfte Stockentenküken Wasserläufer vor sich her jagen. Sie strecken ihre kleinen Stummelflügel aus, den Schnabel nach vorne und strampeln los. Ihre Füße scheinen dabei regelrecht zu rotieren. Blitzartig starten sie und ziehen mit ihren Bürzeln eine Furche durchs Wasser. Dieses putzige Verhalten beobachte ich zu gern. Als die Sonne die Wipfel der Buchen überstrahlt, wache ich auf. Ich blinzele ins Hellblau des Himmels, drehe den Kopf nach rechts und erblicke eine hübsche Frau neben mir. Lisa schläft, atmet ruhig. Ihr Gesicht drückt Geborgenheit aus. Sie ist drei Tage zu Besuch am Juwelin. Es ist ihr zweiter Kurzurlaub hier, seit ich angeheuert habe. Matratzen und Decken liegen auf dem Steg, unsere Körper darin eingehüllt. Wir haben es uns zwischen den Liegeplätzen der Ruderboote bequem gemacht und die Nacht draußen verbracht. Ich hebe meinen Oberkörper an, stütze mich auf die Ellenbogen, nehme die Schönheit des Panoramas in mich auf, schließe die Augen und atme ein. Sei gegrüßt, Juwelin. Guten Morgen Leben. Ein Windhauch streichelt über meine Stirn. Liebreizende Geräusche drängen von hinten in mein Gehör. Die piependen Rufe mehrerer Entenküken verzücken meine Ohren. Zehn flauschige Nachkömmlinge kommen angeschwommen. Mehrmals täglich besuchen sie das Fährhaus auf der Suche nach Leckerbissen. Immer voran ihre Mutter, die wir auf den Namen meiner Oma getauft haben: Erna. Liebevoll wecke ich Lisa mit Küssen in den Nacken. Sie lächelt, räkelt sich.

»Sieh mal, wer dich da begrüßt«, flüstere ich und zeige mit dem Finger auf die Entenfamilie.

Lisa wendet ihre Blicke dem Wasser zu. Als sie die Küken entdeckt, dreht sie sich auf den Bauch und stützt sich auf ihre Unterarme. Vor Glückseligkeit strahlend, beobachten wir Seite an Seite das Geschehen. Entenmutter Erna beginnt indes, sich umzuschauen, als prüfe sie, ob die Luft rein sei. Mit einem Satz flattert sie aus dem See auf den flachen Steg, der dem Einlassen der Paddelboote dient. Das macht sie immer so. Dort stellt sie sich dann stolz auf, mit langem Hals, wachend über ihre Brut. Diese schwärmt sogleich aus und sucht die Umgebung nach Fressbarem ab. Die Küken knabbern alles an, was ihnen vor den Schnabel kommt. Wenn Lisa Tierbabys sieht, möchte sie sie am liebsten adoptieren. Auch die piependen Knäuel schließt sie sofort ins Herz. Entenjungen sind Nestflüchter. Wenige Stunden nach dem Schlüpfen verlassen sie das Nest. Nachdem sie mit ihrem Eizahn ein Loch gebohrt und sich mit ihren kleinen Beinchen aus der Kalkschale freigestrampelt haben, bleiben sie zunächst erschöpft liegen. Haben sie sich von der Anstrengung erholt, watscheln sie los. Die Küken sind bereits weit entwickelt und können von Anfang an schwimmen. Sie laufen demjenigen nach, den sie zuerst sehen. Das ist im Normalfall die Entenmutter, die das weitere Verhalten der Kleinen prägt. Es kann aber auch ein Mensch sein.

»Du musst nur zur rechten Zeit ins Nest gucken«, sage ich leise zu Lisa, »schon bist du Entenmama und deine Kinder folgen dir auf Schritt und Tritt.«

Währenddessen planschen einige Entenjungen zwischen den Ruderbooten umher, hüpfen in die Luft und versuchen, Spinnen und andere Insekten zu schnappen, die sich am Bootsrand versteckt haben. Andere üben sich im Abtauchen. Ihr Ziel sind die rankenden Unterwasserpflanzen. Sie stürzen sich kopfüber in die Tiefe, kommen aber nicht weit. Die eingeschlossene Luft in ihrem plüschigen Daunenkleid lässt sie nach kurzer Zeit wieder an die Oberfläche treiben. Wie Tennisbälle, die man unter Wasser drückt und loslässt, kommen sie aus dem Wasser geploppt. Gekko öffnet die Fährhaustür. Ente Erna springt quakend vom Steg und diktiert ihre Jungen zu sich. Nach kurzer Aufregung beruhigt sie sich wieder. Die Enten kennen Gekko und den Rest der Fährmanntruppe. Mit zwei Weißbrotscheiben in der Hand, setzt sich Gekko auf den Steg und wirft kleine Stücke ins Wasser. Sogleich stürzen die hungrigen Geschwister darauf los. Die kleinen Schnäbel durchpflügen den See. Lisa und ich stehen auf. Wir begrüßen Gekko, setzen uns neben ihn, stibitzen etwas Brot und machen mit. Man soll Enten nicht füttern, doch es macht einfach zu großen Spaß, und Ernas Familie sahen wir von Anfang an als Teil der Fährmannsfamilie an. Stockenten fressen fast alles, was ihnen vor den Schnabel kommt. Sie lieben grüne Land- und Wasserpflanzen genauso wie Früchte und Samen. Frösche, Larven, Würmer,

Schnecken … lassen sie sich gerne schmecken. Selbst kleine Fische verschmähen sie nicht. Eine Ente mit einem Fisch quer im Schnabel habe ich zum ersten Mal am Juwelin gesehen. Wenn die Jungen flügge sind, zieht es die Vögel oft auf Getreidefelder, wo sie es auf die noch nicht ganz ausgereiften Körner abgesehen haben. Spät im Jahr stehen Eicheln, Nüsse und sogar Kartoffeln auf dem Speiseplan und, wann immer Menschen in der Nähe sind, Brot.

Die brodelnde Wasserschlacht um die Teigstücke bleibt nicht lange unbemerkt. Bald zischen Rotfedern und Ukelei unter den Küken entlang, die sich die versinkenden Krümelflocken schnappen. Erna hält sich mütterlich zurück mit dem Fressen. Sie lässt ihrem Nachwuchs den Vorrang. Am anderen Ufer starten zwei ausgewachsene Erpel und nehmen Kurs auf uns. Noch bevor sie in die Nähe des Futters kommen, geht Erna zum Angriff über. Wie ein Torpedo zischt sie durchs Wasser und steuert aggressiv auf ihre Artgenossen zu. Lautes Geschnatter hallt über den Juwelin. Erna kennt kein Erbarmen. Einen der ungebetenen Gastvögel schlägt die Entenmutter sofort in die Flucht. Der andere versucht es ein zweites Mal, gibt dann aber ebenso auf. Das Schauspiel begeistert uns. Geweckt vom Trubel tritt der Fährmann aus seinem Häuschen. Rudolf kommt hinter ihm hervorgesprungen und rennt durch die Beine seines Herrchens. Offensichtlich hat er die Nacht mal nicht mit seinem Kumpel Gekko verbracht. Das Bellen des Fährhundes ist zu viel für die Enten. Erna zieht es vor, mit ihren Zöglingen das Weite zu suchen. Geordnet setzt die Entenfamilie ihre Entdeckungsreise über den Juwelin fort. Wir sind uns sicher, dass wir unsere Lieblinge bald wiedersehen werden.

»Ihr sollt nicht die Enten füttern, ihr sollt Frühstück machen und mich füttern!«, erklärt der Fährmann von hinten.

Dann wirft er sich sein Handtuch über und macht sich bereit für ein Bad im Juwelin. Lisa und ich räumen unsere Schlafdekoration vom Steg. Als alles im Bootsraum verstaut ist, gehen wir zur Badeleiter. Rudolf bellt und versucht, uns zurückzuhalten.

»Das macht der Hund immer«, sage ich zu Lisa. »Nicht wundern, hat nichts zu bedeuten. Rudolf kann es aus irgendeinem Grund nicht leiden, wenn jemand in den Juwelin steigt oder springt. Der ist irre!«

Rudolfs Protest kann uns nicht abhalten. Wir steigen hinab und schwimmen eine Runde.

»Das Wasser ist wunderbar«, schwärmt Lisa. »Es fühlt sich so fein an auf der Haut.«

Ein Summen durchdringt die Morgenidylle. Gekko kniet mit seiner elektrischen Zahnbürste über dem

Wasser und putzt seine Beißerchen. Da ist er gründlich. Ich besitze auch eine elektrische Zahnbürste. Lisa schwört ebenso darauf. Mein Modell haben mir meine Eltern zum Geburtstag geschenkt. Bis zu diesem Zeitpunkt hielt ich nicht viel von der motorbetriebenen Zahnreinigung. Heute will ich sie nicht mehr missen. Zwei Jahre lief das teure Gerät wie am Schnürchen. Als die Garantie abgelaufen war, versagte plötzlich wie von Zauberhand der Akku. War das Zufall oder geplant? Meine Erfahrung mit technischen Geräten ließ mich Letzteres vermuten. Die geplante Obsoleszenz, immer wieder erschwert sie mir das Leben. Die Leistung des Akkus fiel von heute auf morgen rapide ab. Am Ende konnte ich, nachdem er vollständig aufgeladen war, nur noch zweimal putzen und Schluss. Nun könnte die Zahnbürstenindustrie elektrische Geräte herstellen, bei denen sich das Energieversorgungsmodul einfach austauschen lässt. Tut sie aber nicht. Sie geht davon aus, dass der Endverbraucher viel lieber Geld für ein neues Produkt ausgibt und das alte in den Müll wirft, selbst wenn die Technik prinzipiell noch funktioniert. Ich wollte weder das eine noch das andere. Ich wollte meine Zahnbürste behalten. Im Internet suchte ich nach Bauplänen. Erfreut stellte ich fest, dass findige Bastler zu jedem erdenklichen Zahnbürstemodell eine detaillierte Anleitung zur fachmännischen Zerlegung ins Netz gestellt haben. Handwerklich nicht ganz unbegabt, konnte ich mich daran abarbeiten. Zum Glück lötete mein alter Lötkolben noch. Jahrelang lag er ungenutzt im Keller. Ich hatte ihn bereits aus meiner Erinnerung gestrichen. Die Demontage lief problemlos. Das Auslösen des Akkumulators ging schnell. Bei *AkkuSchrader - Ihr Akku- und Batteriespezialist* besorgte ich mir einen neuen Energiespeicher. Herr Schrader höchstpersönlich schweißte mir punktgenau die Lötfahnen an. Ihm war die Problematik mit den Zahnbürsten nicht unbekannt.

Zurück am Arbeitstisch lötete ich zusammen, was zusammen gehört, baute die in Einzelteile zerlegte und gründlich gesäuberte Apparatur wieder auf, dichtete die Dichtungen ab und stellte die Zahnbürste auf das Ladegerät. Als der Ladebalken grün aufzublinken begann, klopfte ich mir selbst auf die Schulter und gratulierte mir dafür, der Industrie ein Schnippchen geschlagen zu haben. Seither hält der Akku! Ewig! Drei Wochen lang kann ich meine Zähne mit einer Ladung putzen, mit demselben Gerät, dass laut Hersteller entsorgt hätte werden müssen.

Ich komme nicht drumherum, Gekko von dieser Erfolgsgeschichte zu berichten. Er zeigt sich schwer beeindruckt und lobt mich auf seine Art.

»Hätte ich dir muchigem Beutel gar nicht zugetraut.«

Der Fährmann nähert sich und fragt, was nun mit dem

Frühstück sei? Wir kochen Kaffee und Eier, tafeln auf, setzen uns und warten auf die Ankunft Hackis, darauf, dass er die Brötchen bringt.

Die Ankunft der technischen Mitarbeiter der Entstörungsstelle zögert sich weiter hinaus. Sie ermitteln noch immer im Nachbarhaus. Das Radio rauscht leise vor sich hin. Plötzlich ist der Empfang einwandfrei. Unsere Ohren spitzen sich. Das Signal verschwindet, kehrt schlagartig wieder, verschwindet, kehrt zurück und bleibt beständig.

»Das klingt nach erfolgreicher Suche«, sagt Vater und testet verschiedene Frequenzen.

Die Sendequalität der empfangbaren Kanäle lässt nichts zu wünschen übrig. Ich genehmige mir derweil ein zweites Schälchen mit Roter Grütze. An Vanillesoße spare ich nicht. Auch Lisa schlägt ein zweites Mal zu. Gerade als mein Gaumen sich erneut an der fruchtig süßen Masse zu ergötzten beginnt, klingelt es. Der Abschlussbericht liegt vor. Die Wurzel des Bösen wurde entdeckt, der teuflische Nährboden ihr entzogen. Die Fahnder stießen in Hainers Hobby- und Lesezimmer darauf. Eine mitteldicke Wand trennt es vom Wohnzimmer meiner Eltern. Da es nur ein kleines Fenster zum Hof hin hat, ist es dort meist zu dunkel zum Lesen und Brettspielspielen. Deshalb steht neben dem Lesesessel eine Standlampe, nicht irgendeine Standlampe, eine LED-Standlampe mit mehreren festinstallierten LED-Birnen, die Heidrun und Hainer per Dimmer regulieren können. Diese lichtbringende Raumdekoration ist das Problem. Das Ergebnis der Messungen beweist eindeutig, dass die Standlampe überdurchschnittliche Störfrequenzen emittiert.

»Die elektrischen Wechselfelder sind stark erhöht bei dem Fabrikat ihrer Nachbarn, die überschreiten bei Weitem die gesetzlich zugelassenen Werte«, geben Scotty und Pille meinen Eltern zu verstehen.

Das erklärt das stetige aber unregelmäßige Auftreten der Empfangsbeeinträchtigung. Immer, wenn Hainer oder seine Frau Heidrun oder beide zusammen das Zimmer betreten, ein Buch aufschlagen oder *Scrabble* spielen und dafür die LED-Beleuchtung anschalten, um den Raum in romantische Lichtstimmung zu dimmen, überstrahlt der Elektrosmog breite Funkfrequenzbereiche bis weit ins Haus meiner Eltern. Da hat kein Radio der Welt ein Chance.

»Im Gegensatz zur Lampe hat ihr Nachbar nicht gestrahlt, als wir ihm die Neuigkeit übermittelt haben. Er ist nicht gerade erfreut darüber, dass er sich nun eine neue kaufen muss. Er meinte, die alte hat über 200 Euro gekostet. Ein wenig skeptisch schien er schon. Wir haben ihm erklärt, dass er dieses Exemplar nicht mehr ans

Stromnetz anschließen darf, auf keinen Fall. Wenn er Schwein hat, tauscht der Händler sie um.«

»Dann muss ich ihn morgen wohl auf ein Bier einladen, um die Sache im Frieden zu klären. Nicht, dass Hainer noch Amok läuft. Wir können ja nichts dafür, dass er sich solch einen Schrott ins Haus gestellt hat. Auf LEDs als Ursache wäre ich nie gekommen. Wir dachten schon, die führen hier in der Region geheime Experimente durch. Und nun ist es Hainers Lampe, nee, nee, verrückt. Man lernt nie aus.«

Die Sache ist geklärt. Vater drückt den erfolgreichen Detektiven zum Abschied zwei Bierflaschen in die Hand.

»Für den verdienten Feierabend.«

Die beiden bedanken sich, wir bedanken uns. Kurz darauf wird die Monsterantenne des Entstörtransporters eingefahren. Unter den spähenden Blicken von Herrn Rote, der noch immer oder schon wieder hinterm Gartenzaun steht, verlässt der Funkmesswagen das Gelände. Lisa und ich bleiben. Die Suchaktion ist das bestimmende Gesprächsthema des Abends. Es wechselt sich ab mit politischen Diskussionen zur allgemeinen Weltlage. Die bergen innerhalb meiner Familie stets die Gefahr der verbalen Eskalation. Wir alle sind geistige Kämpfer für die soziale Gerechtigkeit, Kritiker des zerstörerischen Wirtschaftssystems, in dem wir leben.

Trotz identischer Ansichten steigert sich Vater jedoch oft so in den Bluthochdruck, dass sein Kopf zu platzen droht. Sein Schimpfen über die Verursacher des globalen Elends ist dann nur schwer wieder in friedvolle Bahnen zu lenken. Das ist auf Dauer anstrengend. Lisas Anstellung bei der Zaster Bank führte beim letzten Elternbesuch zu einer leidenschaftlichen Grundsatzdiskussion. Das Für und Wider des Dienstverhältnisses bei dieser Institution wurde auf die sprichwörtliche Goldwaage gelegt. Diesmal dreht sich der Gedankenaustausch um die Entwicklung der mobilen Telefonie. Niemand von uns besitzt ein Smartphone. Vater hat überhaupt kein Handy, meine Mutter, Lisa und ich nur einfache alte, mit denen man nicht viel mehr tun kann, als zu telefonieren. Dafür halten die Akkus lange. Lisas hippe Kollegen machen sich zwar über ihr Steinzeitgerät lustig, aber sie bleibt konsequent. Das gefällt mir. Ich für meinen Teil möchte auch in Zukunft kein Smartphone mein Eigen nennen. Die Technik dahinter fasziniert mich, der ausgebrochene Wahn darum aber nervt. Es ist beeindruckend, was diese kleinen Computer können, doch Telefonieren und SMS-Schreiben reichen mir. Ich möchte nicht ständig erreichbar sein, nicht das Gefühl haben, auf jede Neuigkeit sofort reagieren zu müssen. Ich möchte nicht jederzeit über alles und jeden informiert werden und auch nicht im Minutentakt andere über mich informieren. Ich will meine Ruhe haben, nachdenken können. Andauernder Kommunikationsdruck ist nicht gut für mein Wohlbefinden. Auf meiner letzten Fahrt mit dem Zug sah ich aus dem Fenster, versunken in Gedanken. Ich betrachtete Bäume und Wälder, Hinterhöfe der Häuser, Rehe auf den Feldern, die Wanderung der Wolken am Himmel, Staus vor den geschlossenen Schranken, Greifvögel auf den Masten am Bahndamm, Fabriken, Straßen und Flüsse. Mir gegenüber saß eine junge Familie. Sie bekam von dem, was sich jenseits der Fensterscheibe abspielte, nichts mit. Mutter, Vater und Kind starten ohne Unterbrechung gebannt auf ihre Minibildschirme. Zwischen ihnen fand keinerlei Konversation statt. Ich frage mich, ob wir die Technik kontrollieren oder die Technik uns. In meiner Wohnung liegt eine Philosophiezeitschrift. Die Ausgabe ist zehn Jahre alt. Ich weiß nicht mehr, von wem ich das Magazin bekommen habe. Beim letzten Umzug fand ich es wieder, blätterte in den Seiten und stieß auf einen interessanten Artikel. Er beschreibt die katastrophalen Folgen unseres Konsumwahnsinns für Dritte-Welt-Länder am Beispiel des Handys. Unser Konsum-, Energie- und Mobilitätsverhalten bedingt eine Ökonomie des Raubbaues. Dessen Folgen für arme Länder sind nicht selten Krieg, Elend und Umweltzerstörung. In der Demokratischen Republik Kongo brach 1998 ein mörderischer Konflikt aus, dem bereits mehr als 3,5 Millionen Menschen zum Opfer gefallen sind. Es gibt Millionen Vertriebene und unzählige Betroffene, die unter Hunger und Krankheiten leiden. Die UNO, die Weltmächte und die Medien schauen dem Schlachten tatenlos zu. Ursache für diese humanitäre Krise – einer der schlimmsten des Planeten – ist die kriegerische Auseinandersetzung um wertvolle Bodenschätze. Im Osten des Kongos ist es vor allem Tantal, ein extrem hartes, hitze-, rost- und säurebeständiges Metall mit hoher Dichte. Man gewinnt es aus einem Erz namens Coltan. Der Großteil der Weltproduktion stammt aus dem Kongo und wird für elektrische Kondensatoren in Mobiltelefonen und Computern verwendet. Im Rebellengebiet ist Tantal der meistumkämpfte Rohstoff. Militärs und Einheiten aller Fraktionen streiten um die Vorherrschaft an den Minen. Es herrschen mafiöse Beziehungen zwischen Geschäftsleuten und Rebellen. Massaker, Entführungen, die gewaltsame Rekrutierung von Kindersoldaten und Plünderungen sorgen für unendliches Leid in der Zivilbevölkerung. Über dubiose Kanäle gelangt das Tantal auf den Weltmarkt. Große Frachtmaschinen fliegen es aus dem Land und liefern im Gegenzug Waffen. Die Rebellen beschützen die Firmen, die das Coltanerz fördern. Deren Profite werden mit den jeweiligen Machthabern geteilt, die wiederum das nötige Umfeld schaffen, das die Fortsetzung der Ausbeutung ermöglicht. Kaum ein Handy- beziehungsweise Smart-phone-Konsument in den westlichen Industrieländern hat je davon gehört. Tantal, dessen Herkunft, dessen Verwendung – über Dinge, die man nicht kennt, macht man sich keine Gedanken. Die blutige Geschichte hinter diesem Metall hindert die Weltkonzerne nicht daran, die Verbraucher in immer kürzeren Abständen mit neuen Endgeräten an die Kasse zu locken. Im Fernsehen läuft Werbung, die verspricht, dass der Kunde nach Abschluss eines bestimmten Vertrages jedes Jahr eine neues Smartphone zum Nulltarif bekommt. Menschen rühmen sich damit, das neuste Modell in den Händen zu halten. Jugendliche finden die Mitschüler am coolsten, die das angesagteste Mobiltelefon von ihren Eltern zum Geburtstag bekommen. Es gibt kaum noch Kinder, es gibt nur noch Kids. Kaum jemand kauft mehr das Nötige ein, alle gehen shoppen.

»Shoppen ist für mich das Unwort unserer Zeit. Der Begriff verkörpert in meinen Augen genau das, woran unsere Gesellschaft krankt«, sage ich abschließend, klopfe mit dem Boden des leeren Weinglases auf den Tisch und stehe auf.

Es ist 21 Uhr. Alle sind erschöpft vom gesellschafts-politischen Diskurs. Wir machen uns auf den Heimweg. Vater reicht uns die Hand, nimmt die leeren Bierflaschen vom Tisch und bringt sie in die Garage.

»Schön war's mit euch. Hoffentlich bald wieder.«

Meine Mutter umarmt erst Lisa, dann mich. Dabei drückt sie mir einen Schein in die Hand.

»Hier, als kleine finanzielle Unterstützung«, flüstert sie, »nicht zum Shoppen!«

Ich lächle sie an. Vom Wein habe ich leichtes Kopfdrehen. Lisa ist annähernd nüchtern, sie muss fahren. Die Lichter der Stadt geleiten uns durch die Dunkelheit. Gut gelaunt albern wir im Auto herum. In meiner Wohnung angekommen, entscheidet sich Lisa dazu, nachdem sie ihre Sonnenblume mit Wasser versorgt hat, eine Flasche Sekt zu öffnen. Seit ich Lisas alkoholische Vorliebe kenne, lagere ich stets eine im Kühlschrank. Meine Konzentration widme ich der Musikanlage. Ihre rotleuchtenden Dioden erzeugen eine warme Atmosphäre. Ich lege eine ganz bestimmte CD ein. Die tiefere Bedeutung der Liedauswahl ist Lisa auf Anhieb klar. Der Korken knallt, knisternder Schaum steigt in den Gläsern empor. Wir stoßen an – auf uns und die Liebe. Erotische Spannung liegt in der Luft. Lisa entzündet zwei Kerzen im Schlafzimmer. Schatten flackern an den Wänden auf. Ich weiß das Signal zu deuten. Wild, doch gleichsam zärtlich geben wir uns einander hin.

Explodierende Raketen reißen uns aus der schmiegsamen Ruhestellung danach. Rote Lichtblitze zucken durch den Nachthimmel, gefolgt von einem hellen

Grün. Die Wände um uns reflektieren das aufleuchtende Farbenspiel. Ich sehe aus dem Fenster. Goldregen fällt jenseits der Dachkante. Funken flimmern sternenartig auf und vergehen. Das Feuerwerk muss ganz in unserer Nähe sein. Nackt steige ich aus dem Bett, öffne die Terrassentür und betrete barfuß die kalten Bohlen. Lisa nistet sich in der Wärme des Schlafgemachs ein. Meine Blicke wandern über den dunklen Gottesacker. Das stroboskopartige Licht der Explosionen erhellt die Kronen der Friedhofsbäume. Schlagartig gewinnt das Schauspiel an Intensität. Knallende, heulende und pfeifende Intervallsprünge läuten das Finale ein. Die Zahl der privaten Feuerwerke hat seit einiger Zeit rapide zugenommen, zumindest in meiner Wohngegend. Ständig fliegen Knallkörper durch die Luft, starten Raketen. Jede noch so kleine Festivität scheint mit einem Feuerwerk enden zu müssen. Beinahe langweilen sie mich, die nimmermüden Leuchtfeuer. Trotzdem locken sie mich jedes Mal wieder ins Freie auf meine kostenlose Zuschauertribüne.

Genug gesehen! Bevor ich mich erkälte, schlüpfe ich zu Lisa unter die Decke. Sie erschreckt und akzeptiert nur unter Protest die Annäherungsversuche meiner ausgekühlten Haut. Mein Körper absorbiert ihre Wärme. Wir schlafen ein.

Hacki hat geliefert – frisches Backwerk vom Landberger Bäcker. Kaffeeduft durchwebt die Luft. Felix, der mit dem Ruderboot vom Hollerkamm gekommen ist, hat selbstgemachte Erdbeermarmelade von der Fährmannsfrau mitgebracht. Er sitzt neben mir, öffnet das Glas und fragt nach der Butter. Lisa reicht sie ihm. Der Fährmann erzählt von alten Zeiten.

»Als ich Kind war, fuhr der Bäcker die frisch gebackenen Brote noch mit der Kutsche von Dorf zu Dorf. Einen riesigen Berg hatte er jedes Mal hinten drauf. Ich hab mich oft im Gebüsch versteckt und auf ihn gewartet. Wenn er kam und vorbei gefahren war, bin ich aus der Hecke raus, heimlich hinten auf den Wagen drauf gesprungen und habe mich flach hingelegt, so dass er mich nicht sehen konnte. Dann habe ich mich ein Stück mitnehmen lassen und fröhlich die frischen Brote angeknabbert. Die haben geschmeckt! Der Bäcker hat sich immer gewundert, woher die Löcher im Brot stammten. Von meinen kleinen Fingerchen! Irgendwann bin ich aufgeflogen. Junge, gab das Ärger! Aber Laune hat das gemacht, ich sage euch …«

Aus heiterem Himmel ertönt krachendes Getöse. Es drängt sich zwischen die Stille des Juwelins, des Fährmanns Anekdote und unser Frühstück. Schüsse fallen. Es klingt, als würde jemand Chinaböller am Ufer zünden oder sein Umfeld unter Dauerfeuer nehmen. Das Widerhallen an den Steilwänden verstärkt den Eindruck. Der Fährmann, Hacki, Gekko, Felix, Lisa und ich lassen die Brötchen fallen. Wir springen auf und laufen ans Ende des Stegs. Einen Steinwurf vom Fährhaus entfernt entdecken wir den Schützen, der zugleich das Opfer ist. Regungslos liegt es am Boden. Selbstmord. Doch es war keine Munition im Spiel. Eine Schneise der Zerstörung zieht sich vom Ufer einige Meter den Hang hinauf, gleich neben der Stelle, an der der Teufel der Sage nach die Brücke für den Müller gebaut hat. Altersschwäche und die Kraft der Erdanziehung haben eine prächtige Hainbuche zu Fall gebracht. Der Druck des Aufpralls und die Last des Stammes haben ihre Äste explosionsartig brechen und splittern lassen.

»Daher kamen die Schüsse also«, sage ich erstaunt.

»Beeindruckend, nicht?«, entgegnet der Fährmann.

Auch Lisa bekundet ihre Verwunderung. Gemeinsam machen wir uns auf den Weg zum Gefallenen. Der Baum liegt quer über den Wanderweg. Zerfetzte Holzfasern strecken sich in alle Richtungen. Gekko begutachtet die Lage.

»Da ist kein Durchkommen. Dat muss freigeschnitten werden. Ansonsten müssen alle am Hang hoch und an der Wurzel vorbei klettern.«

Der Fährmann streift sich mit seiner rechten Hand über die Stirn.

»Mensch, und sowas am frühen Morgen! Gleich kommen die ersten, die mit der Fähre rüber wollen. Hacki, ruf mal den Mann mit der Motorsäge an, also die Orts- und Parkverwaltung. Die sollen gleich jemanden schicken, vorausgesetzt, dass nicht alle im Urlaub sind.«

Späne fliegen. Begleitet vom unverwechselbaren Klang der Kettensäge, die sich unaufhaltsam durch die Jahresringe des Stammes frisst, verleben wir den Vormittag. Auf der Fähre und im Café sorgt das Geschehen für Gesprächsstoff. Für viele Besucher ist der Kollaps der Hainbuche eine Attraktion. Hacki verkauft den neugierigen Touristen die Geschichte auf seine Weise.

»Heute früh ist einer am Ufer umgefallen. Einfach so. Gab keine Hoffnung mehr für den armen Kerl. Der wird gerade in Einzelteile zerlegt und entsorgt. So is' dat bei uns. Dat machen wir hier so.«

Wie meistens, wenn Lisa zu Besuch ist, habe ich vom Fährmann frei bekommen, um den Tag mit ihr verbringen zu können. Zwei Einerkajaks liegen für uns bereit. Damit wollen wir zur schmalsten Stelle des Sees paddeln. Sanft abfallende Sand- und Kiesbänke laden dort zum Baden ein. Scheint die Sonne, versprüht dieser Ort karibisches Flair. An Land gibt es eine Liegewiese. Drei Weiden säumen das Ufer. Es ist einer meiner Lieblingsplätze am See. Um die Schönheit dieses Kleinods wissen inzwischen viele Urlauber, weshalb wir dort kaum allein sein werden. Ein lohnenswerter Ausflug ist es trotzdem. Der Juwelin entwickelt sich immer mehr vom Geheimtipp zum angesagten Traumziel. Das begründet sich besonders dadurch, dass regelmäßig Fernsehteams an der Fähre auftauchen, deren Filmmaterial diese entzückende Seenlandschaft bundesweit medial bekanntmacht. An manchen Tagen frage ich mich, ob das gut ist. Ich habe Angst, dass in den kommenden Jahren die Beliebtheit des Juwelins Ausmaße annimmt, die dieses räumlich begrenzte Paradies nicht mehr verkraften kann. Erst neulich haben der Fährmann und ich am Lagerfeuer lange darüber philosophiert.

Lisa legt eine Flasche Wasser in ihr Boot. Ich verstaue eine Thermoskanne mit Kaffee, zwei Äpfel, geschmierte Brötchen und Schokoladenkekse im Heck meines Kajaks. Als ich die Luke schließe, dringt aufgeregte Stimmung vom Fährableger zu uns nach hinten. Eine Menschentraube hat sich am Geländer des Cafésteges gebildet. Alle starren nach unten, staunen und knipsen mit ihren Digitalkameras und Handys zahllose Bilder. Neugierig gesellen wir uns zu ihnen. Gekko, eben noch damit beschäftigt, eine vierköpfige Ankabesatzung in See stechen zu lassen, stiert von Weitem. Im Flachwasser schlängelt eine Ringelnatter, ein gewaltiges Exemplar. Die Sichtung von Ringelnattern ist keine Seltenheit. Meist schwimmen sie vor dem Fährhaus durch den See. Die Schlangen sind ausgezeichnete Schwimmer. Vor der Holzhütte des Fährmanns liegen aufgetürmte Gesteinsbrocken, die der Ufer- und Stegbefestigung dienen. In den vielen Spalten und Höhlen dieses Walls fühlen sich die Tiere wohl. Wird es ihnen zu kalt, kommen sie hervor gekrochen und legen sich auf die Steine. Die Nattern lieben es, sich dort zu sonnen und aufzuwärmen. Das Tier, das gerade die Aufmerksamkeit der Urlauber auf sich zieht, ist mit etwas ganz anderem beschäftigt. Der Größe nach muss es sich um ein Weibchen handeln. Weibliche Ringelnattern können über einen Meter lang werden. Laut Augenmaß haut das locker hin. Hin und her windet sich die ausgewachsene Schlange. Zwischen ihren Kiefern hält sie einen Barsch im festen Zangengriff. Das Publikum wird Zeuge, wie sie ihre Mahlzeit zu sich nimmt. Ungeachtet des Trubels schluckt sie den beachtlichen Fang mit dem Kopf voran Zentimeter für Zentimeter herunter. Es wirkt wie ein Kampf, der ihre gesamte Aufmerksamkeit erfordert. Wahrscheinlich hat sie sich deshalb auch noch nicht aus dem Blickfeld der Menschenmenge zurückgezogen. Solch ein Ereignis bekommt man nicht alle Tage von der Natur auf dem Präsentierteller serviert. Beobachtungen dieser Art entfachen Frohsinn in mir. Als nur noch eine herab wandernde Beule im Körper der Natter zu sehen ist, zieht sie sich in den Schutz der Holzplanken zurück. Die Ansammlung der Paparazzi löst sich auf. Alle Zaungäste verlassen begeistert den Beobachtungsstand und verteilen sich. Ein kleiner Junge steht staunend vor seinem Vater und lässt das eben Gesehene Revue passieren.

»Hast du geseh'n, wie groß der Fisch war, Papa? Die hat den sich voll reingewürgt, ohne zu kauen. Machen die das immer so? Und wie groß die Schlange war! Ist die giftig?«

Der Papa entschließt sich, seinem Sohn alles in Ruhe bei einem Eis aus Hackis Kühltruhe zu erklären, nimmt ihn bei der Hand und geleitet ihn ins Café. Lisa und ich widmen uns wieder unserem Paddelausflug.

»Hier bekommt man was geboten«, sage ich zu ihr, »erst der Baum heute Morgen, jetzt die Ringelnatter. Mal sehen, was noch kommt.«

Wenig später schneiden zwei schnittige Rümpfe durch das nasse Element. Unsere Kajaks liegen gut im Wasser. Bis zur Badestelle ist es nicht weit, nur zwei Kilometer. Die Sonne brennt auf der Haut. Unter den überhängenden Ästen der Erlen und Buchen suchen wir Schatten. Lisa schaut auf das Heck meines Kajaks.

»Siehst du, die Paddelboote vom Fährmann haben

wenigstens richtige Kennzeichen. Auf beiden Seiten! Nicht wie dein Faltboot.«

Ihre Bemerkung mit leicht ironischem Unterton spielt auf ein gemeinsames Erlebnis im Spreewald an. Vor Jahren fragte eine Freundin meiner Mutter, ob wir Interesse an ihrem Pouch Faltboot hätten. Ihre Kinder würden es nicht mehr benutzen und bevor es im Keller verrottet, könnten wir es haben. Das zusammensteck- und faltbare Kultboot aus den 60ern befand sich in einwandfreiem Zustand, also haben wir zugeschlagen. Heute liegt das gute Stück trocken verpackt und jederzeit aufbaubereit in meinem Schuppen. Wenn sich die Gelegenheit ergibt, paddle ich gern mit Freunden darin umher. Die letzte Gelegenheit ergab sich Ende September des vergangenen Jahres mit Lisa. Weil sie ebenso Gefallen am Paddeln findet wie ich und wir beide vorher nie dort waren, hatten wir uns für eine spontane Wochenendpaddelei durch den Spreewald entschieden. Das Wetter zeigte sich uns gegenüber wohlgesonnen, etwas bedeckt, doch aktivitätsfördernd temperiert. So spät in der Nachsaison trudelten wir nahezu allein auf den Fließen umher. An einem der zahlreichen Gasthöfe legten wir an, machten eine Pause und aßen zu Mittag. Gut gesättigt stiegen wir zurück ins Boot und setzten unsere Fahrt fort. Gleich hinter der ersten Biegung kam uns ein motorbetriebenes Fahrzeug entgegen. Die einzigen, die mit Hilfe von Motoren durch die Fließe des Spreewaldes fahren dürfen, sind die Patrouillen der Wasserschutzpolizei. Die Beamten, ein Mann und eine Frau, nahmen uns sogleich ins Visier. Als anständiger Bürger, der sich keiner Schuld bewusst war, grüßte ich freundlich. Lisa lächelte die uniformierte Besatzung an. Der Wachtmeister winkte zurück. Erst im zweiten Moment bemerkten wir, dass es seinerseits kein Gruß war, sondern ein Zitieren, und zwar zu sich hin.

»Folgen sie uns bitte zu dem Uferbereich dahinten!«

Wir wendeten und folgten.

»Guten Tag, das ist Polizeioberkommisarin Boll, ich bin Polizeihauptmeister Gieler, Wasserschutzpolizei Lübbenau. Gehört das Boot Ihnen?«

»Ja.«

»Für jedes Boot herrscht Kennzeichnungspflicht. Auf Ihrer linken Seite steht zwar ein Name, das ist schon mal nicht schlecht, auf der rechten steht aber nichts, das ist nicht gut. Sie brauchen ein richtiges Kennzeichen auf jeder Seite. Bei Kleinfahrzeugen, die nur mit Muskelkraft betrieben werden, muss zumindest der Name des Bootes auf beiden Seiten sichtbar sein, doch nicht irgendwie, sondern in Form von Buchstaben mit einer Mindesthöhe von 10 Zentimetern. Das sieht mir bei Ihnen ein bisschen klein aus. Und im Inneren des Bootes muss irgendwo der Name und die Anschrift des Eigentümers stehen.«

Mein Faltboot heißt Juli. Wir hatten September. Also antwortete ich keck: »Ach so, ich dachte schon, Sie halten uns an, weil der falsche Monat drauf steht.«

Polizeioberkommissarin Bolls Mimik signalisierte humoristisches Verständnis für meine Bemerkung. Polizeihauptmeister Gieler verzog keine Miene. Lisa verkniff sich ein Grinsen.

»Das macht normalerweise ein Bußgeld in Höhe von 30 Euro«, sagte der Schutzmann knallhart, »aber …«, plötzlich wurde seine Stimme weich und er lächelte, »der Witz war gar nicht so schlecht, deshalb belassen wir es heute bei einer Verwarnung in Höhe von 10 Euro.«

»Das ist nett, Herr Wachtmeister. Von der Ersparnis kaufe ich eine Dose Farbe und male den Namen auf die andere Seite.«

So trennten sich unsere Wege. Den Strafzettel habe ich aufgehoben. Er hängt zu Hause an meinem Kühlschrank. Mein Faltboot heißt weiterhin Juli – seit diesem Vorfall vorschriftsmäßig beidseitig. Nach unserem Spreewaldabenteuer fand ich eine angebrochene Dose rotbrauner Lackfarbe im Keller. Das ist nicht unbedingt eine schöne Farbe, auch passt sie kaum zum edlen Weiß, mit dem die Erstbesitzer zur Bootstaufe die Namensgebung sichtbar machten, doch das war mir egal. Mittels Pinsel und Zollstock malte ich Juli in 10 Zentimeter hohen Lettern frei Hand auf die graue Elefantenhaut des Bugs. Die abschließende Begutachtung ergab: Schick ist anders, aber Polizeihauptmeister Gieler wäre stolz auf mich. Meinen Namen und meine Anschrift habe ich nicht ins Boot geschrieben, einen gewissen Nervenkitzel möchte ich mir erhalten. Beim Fährmann hingegen hat alles seine Ordnung, er betreibt schließlich einen öffentlichen Verleih. Zusätzlich zu den amtlichen Kennzeichen, die er beantragen und bezahlen muss, haftet an jedem Boot ein gut sichtbarer Aufkleber am Bug mit allen wichtigen Daten. Auf dem Juwelin kontrolliert niemand, doch die Kanus werden auch für mehrtägige Touren verliehen. Wenn dann nicht alles korrekt angemeldet und gekennzeichnet ist, gibt es Ärger mit dem Gesetz.

Lisa und ich haben unsere Picknickstation erreicht. An einer unterhöhlten Wurzel legen wir an. Es tummeln sich bereits einige Menschen auf der Wiese, ihre Anzahl liegt gerade noch im angenehmen Bereich. Mehr dürfen es nicht werden. Ich stütze mich am Süllrand ab und trete mit einem Fuß in den funkelnden Glanz des Wassers. Um uns mischen sich verschiedene Blau- und Grüntöne im See. Der Kies massiert die Sohlen unserer

Füße, unsere Beine werden kühl umspült. Gut gelaunt entladen wir die Kajaks, breiten unser eigenes Reich auf dem Rasen aus, erzählen, lachen, baden, schlafen, küssen, essen, genießen. Als unsere Vorräte erschöpft sind, treten wir den Rückweg an. Felix dreht die Fähre, sieht uns herannahen und winkt aus der Ferne. Ein paar Jugendliche haben das große Tretboot ausgeliehen und benutzen es in der Mitte des Juwelins als Badeinsel. Wir paddeln an ihnen vorbei, nehmen Kurs auf Gekko, der mit seiner Sonnenbrille auf der Treppe sitzt und grinst, als reise er gerade durchs Marihuanaland.

»Na, ihr beiden Hübschen«, empfängt uns der Fährmann, »hattet ihr ordentlich Spaß? Ich habe dir zwar frei gegeben, Jan, weil ich ein netter Mensch bin, aber die Boote darfst du trotzdem putzen. Ihr seid ja schließlich damit gefahren. Da kannst du deiner Herzensdame gleich zeigen, was du bei mir gelernt hast.«

Kanus und Kajaks effizient auszuwischen ist eine hohe Kunst. Da wischt man nicht einfach drauf los. Auf keinen Fall nimmt man einen Schwamm. Das machen nur die, die keine Ahnung haben – behauptet zumindest der Fährmann. Bei ihm gibt es dafür Scheuerlappen. Die nehmen das Wasser und den Dreck viel besser auf als Schwämme. Mit Schwämmen schmiert man den Schutz von einer Ecke in die andere. Sicher, mit einem Schwamm bekommt man den sandigen Innenraum auch sauber, aber es dauert zu lange. Qualität und Quantität des Scheuerlappeneinsatzes sind unschlagbar. Die gekonnte Anwendung des Haders, wie ihn Lisa nennt, verschafft dem Kanuverleiher jene Zeitersparnis, die an hektischen Tagen die reibungslose Rotation der Boote garantiert. Stolz führe ich meiner Freundin die Auswischtechniken vor, die der Fährmann und Gekko mir beigebracht haben. Sie ist von den Socken.

»Dann weiß ich ja jetzt, wer von nun an immer bei mir wischt. Nicht wahr, Herr Becker?«

»Genau, und bei mir kann er danach gleich weitermachen«, steigt Hacki ein, der auf dem Weg zum Fährmann ist, um ihm einen Stapel Quittungsbelege ins Büro zu legen. »Ich hab's immer so im Rücken und kann mich nicht bücken. Außerdem sind deine Hände kleiner als meine, du kommst besser in die Ecken, weißt.«

Ohne mich umzudrehen werfe ich den Scheuerlappen mit der linken Hand unter meinem rechten Arm hindurch. Das nasse Geschoss schleudert durch die Luft. Es fliegt um Haaresbreite am Ziel, Hackis Bauch, vorbei und trifft Gekko, der sich halb wegdreht, am nackten Rücken.

»Ähhh, Alter! Becker, jetzt läuft mir die ganze Soße hinten in die Buchse!«

Hacki verfällt in schallendes Gelächter. Gekko sieht den Treffer als Kriegserklärung, hebt den Lappen auf und wirft ihn auf mich. Gleichzeitig schnappt er sich einen zweiten aus dem Wassereimer und schwingt ihn auf Hacki, weil der so blöd lacht. Eine Scheuerlappenschlacht entbrennt. Lisa versucht, sich in Sicherheit zu bringen, hat aber keine Chance. Jeder bekommt mindestens eine Ladung ab. Während Hacki sich in die Hütte des Fährmanns rettet, zieht Gekko die Flucht ins Wasser vor und springt vom Steg. Eine nachmittägliche Abkühlung stand sowieso auf seiner Tagesplanung. Die Friedensverhandlungen werden unverzüglich einberufen und alle Kapitulationsbedingungen einstimmig angenommen, da bereits die nächsten Urlauber neben uns stehen und sich ein Boot ausleihen wollen. Sie müssen sich den See mit dem neuen Passagierschiff von Kapitän Wagner teilen, das in diesem Moment auf Kaffeefahrt mit einer Gruppe Rentner vorbeigleitet. Die Flotte der Landberger Fahrgastschifffahrt bietet als einzige Gruppenfahrten entlang der Ufer des Juwelins an. Zwei Elektromotoren schieben die weißen Touristenfrachter lautlos durch das Wasser. Die Schiffskörper sind langgezogen und schmal, damit sie die enge Durchfahrt am oberen Juwelin passieren können. Ich verstehe, dass die Landberger touristisch das anbieten, was Geld in ihre Kassen spült, sie müssen überleben, trotzdem sehe ich dieses Angebot, das ein deutliches Wachstum zu verzeichnen hat, mit Sorge. Hoffentlich übertreibt es Kapitän Wagner in Zukunft nicht und wahrt die Intimität dieses malerischen Idylls.

Um Lisas und meine Intimität zu wahren, frage ich den Fährmann, ob wir die kommende Sommernacht auf der Fähre verbringen dürften. Weil er ein guter Mensch ist, gibt er seine Einwilligung, bittet uns aber, uns anständig zu benehmen. Wir geloben, die Fähre nicht zum Untergang zu bringen. Nach und nach nimmt der Zustrom an Tagesgästen ab. Die Fähre zieht ihre letzten Bahnen. Einige Besucher verweilen. Verträumt sitzen sie auf den Bänken und lassen den Moment auf sich wirken. Ruhe kehrt ein. Die späte Sonne hüllt die buchenbewachsenen Hänge in ein galantes Abendkleid. Friedliche Stimmung legt sich nieder auf den Juwelin. Mehlschwalben kreisen über unseren Köpfen, jagen Schwärme winziger Schwebfliegen, die durch die Luft tanzen. Es gibt keinen idealeren Zeitpunkt als diesen für eine romantische Fahrt mit dem Ruderboot. Wir entschließen uns, ihn zu nutzen. Langsam treiben wir auf den roten Spiegel hinaus. Eine Flasche Wein reist als kulinarischer Begleiter mit uns. Der See reflektiert den brennenden Himmel. Ich blicke zum Ufer. Säße ich nicht aufrecht im Boot, wüsste ich nicht, wo oben und wo unten ist. Nur die Ruder durchstechen die glatte Oberfläche, tauchen ein, lassen kleine Wellen und Wirbel wandern. Mit jedem Zurücksetzen der Ruderblätter ziehen herabfallende Tropfen elliptische Bahnen. Lisa hat es sich bequem gemacht. Sie liegt vor mir, eine Hand führt das Weinglas ihren Lippen entgegen, die andere streift über das Wasser. Ich hole die Ruder ein. Mein gefülltes Glas wartet in Lisas Obhut auf mich. Der Wein schimmert honigfarben. Wir stoßen an und halten inne.

»Ich überlege immer öfter, ob ich nach Mecklenburg ziehe«, sage ich ruhig, »in dieses schöne Land, zusammen mit dir. Irgendwann wird sich eine Möglichkeit auftun, irgendwann. Wärst du dabei?«

»Wenn alles passt, ja. Aber ich stelle mir die Winter ziemlich einsam vor.«

»Das sind sie auch. Frag mal den Fährmann, der hat seine Schwierigkeiten mit der kalten Jahreszeit. Aber bevor man es nicht ausprobiert hat, weiß man nicht, ob man es hier aushält im Winter. Ich denke, mir würde es gefallen, aber nur zu zweit. Na ja, meine Sommermonate im Nationalpark oder am Juwelin zu verbringen, ist zumindest ein Anfang. Mühsam ernährt sich das Eichhörnchen. Das Problem ist, dass man hier nur leben kann, wenn man eine Arbeit hat, deren Einkünfte einen das ganze Jahr ernähren. Oder man hat so viel Geld, dass das keine Rolle spielt. Mit beidem sieht es bei den meisten schlecht aus. Zum Fährmann kommen oft Bekannte aus Landberg, junge Leute, die jede Woche in die Schweiz oder sonst wo hin fahren, weil sie hier keinen Job finden. Jeder von denen sagt, dass er Sehnsucht hat und lieber in seiner Heimat leben würde. Wenn die unten am Fährhaus sitzen und dieses Thema zur Sprache kommt, werden sie immer ganz wehmütig. Und wenn nicht mal die, die hier geboren wurden und ihre Familien hier haben, überleben können, was soll ich da erst machen. Aber, nicht verzagen, kommt Zeit, kommt Rat! Man weiß nie, was die Zukunft bringt.«

Lisa hebt ihr Glas.

»Prost!«

»Stimmt! Prost!«

Zwei Mehlschwalben flattern mit schnellen Flügelschlägen um unser Boot. Fast im selben Moment, in dem das Klirren der anstoßenden Gläser erklingt, fliegen die Vögel vor unseren Augen mit den Köpfen zusammen und plumpsen wie Steine ins Wasser.

»Hast du das gesehen? Was machen die denn? Sind die wirklich gerade mit den Köpfen zusammengestoßen? Das ist doch so gut wie unmöglich! Das muss man als Schwalbe erst mal schaffen!«

Unsere Verwunderung kennt keine Grenzen. Völlig benommen und hilflos treiben die gefiederten Bruchpiloten an der Wasseroberfläche.

»Das sind Jungvögel. Wahrscheinlich befanden die sich gerade auf Übungsflug.«

»Der ist mächtig danebengegangen, würde ich sagen.«

»Hm, sind vielleicht besoffen. Dass kleine Mehlschwalben ins Wasser fallen, kommt öfter vor, da haben Felix und ich schon welche gerettet, aber dass zwei frontal im Flug zusammenkrachen …«

Wir nehmen Kurs auf die Unglücksraben, heben sie behutsam an Bord. Die Vögel halten ihre Augen geschlossen und zittern. Während ich zum Steg rudere, umsorgt Lisa die Kleinen wie eine Mehlschwalbenmutter. Ihre Hände umschließen, ihr Atem wärmt sie. Der ausgepolsterte Pappkarton, das Patientenzimmer in Miniformat, das Felix und ich extra für ins Wasser gestürzte Flugschüler eingerichtet haben, steht in der Bootshalle. Darin können sie sich erholen. Ich ziehe den Karton aus seinem Versteck hervor, bringe ihn zu Lisa, lasse sie ihre Adoptivkinder darin ablegen und stelle die warme Vogelstube ins Fensterbrett. Hacki sendet den Antrittsbefehl zum Essen aus. Er hat Bockwürste und Kartoffelsalat zubereitet, eine einfache Mahlzeit, aber bei Hackis Kartoffelsalat, weiß man, was man hat. Der Fährmann und Gekko speisen mit uns. Felix isst bei seiner Mutter im reetgedeckten Elternhaus auf dem Hollerkamm. Die Mehlschwalben rappeln sich indes auf. Ihre Lebenskräfte kehren zurück. Nach einer guten Stunde zeigen sie sich vital und signalisieren, dass sie die Krankenstation auf eigenen Wunsch verlassen möchten. Der Wunsch wird ihnen gewährt.

Als das Licht dieses erlebnisreichen Tages erlischt, bereiten Lisa und ich unser Nachtlager vor. Stück für Stück verwandeln wir die Fähre in ein schwimmendes Bett. So schön und abenteuerlich es beim Fährmann ist, für Frauenbesuch und Privatsphäre gibt es wenig Platz. Bei ihrem ersten Gastaufenthalt hat Lisa sich deshalb ein Zimmer im Hotel auf dem Hollerkamm gebucht. Sie wollte erst einmal alle kennenlernen und sehen, unter welchen Bedingungen ich hause. Außerdem hat sie eine leichte Phobie vor Spinnen, besonders vor dicken Kreuzspinnen. Davon gibt es in den Spalten, Ritzen und Ecken der Holzbauten reichlich. Lisa weiß, dass Spinnen nützliche Tiere sind, die keinem Menschen etwas zu leide tun, zumindest nicht die hiesigen, doch ein Erlebnis in ihrer Kindheit hat sie derart geprägt, dass sie das Gefühl des Unbehagens beim Anblick der netzwebenden Gliederfüßer nicht restlos unterdrücken kann. In einer Winternacht, Lisa war noch ein kleines Mädchen und schlief bei ihrer Oma, passierte es. Sie lag eingekuschelt mit Wärmflasche an den Füßen im frisch bezogenen Bett. Lisa liebt frisch bezogene Betten, den Geruch der Bettwäsche, das Gefühl auf der Haut. Garnituren aus Leinenstoff haben es ihr besonders angetan, glatt und rein, so wie die Bezüge, die bei ihrer Oma regelmäßig aus der Mangel kamen. An jenem Abend stand die Tür zum Wohnzimmer einen Spalt weit offen und warf Licht auf Lisas Bett. Sie dachte nach, lag wach, konnte nicht recht einschlafen. Plötzlich rannte eine Spinne über ihrer Daunendecke – eine Winkelspinne. Winkelspinnen sind jene krabbelnden Vertreter, die am häufigsten in Häusern Unterschlupf suchen und für Schrecken bei den Bewohnern sorgen. Ihr Aussehen und die Geschwindigkeit, mit der sie sich fortbewegen, haben schon die ein oder andere Ekelattacke verursacht. Sie sind groß, behaart, dunkelbraun bis schwarz und haben lange Beine. Ihre Verstecke liegen in dunklen Ecken, in Kellern, unter Sofas und Betten. Lisa schrie auf und rief nach ihrer Oma. Die stand vom Fernsehen auf, öffnete die Tür und machte Licht an. Anstatt ihrer Enkelin die Furcht zu nehmen und sie liebevoll zu beruhigen, sagte die Großmutter nur schroff: »Hab dich nicht so. Die tut dir nichts. Und außerdem ist sie schon wieder weg. Schlaf jetzt!«

Sie schloss die Tür und ließ Lisa mit ihrer Angst allein. Hinzu kam, dass, als Lisa am nächsten Tag ihren Puppenkoffer packte, um die böse Oma zu verlassen, die Winkelspinne ausgerechnet dort drin saß. Jenes Erlebnis hat sie bis heute nicht vergessen, die Reaktion ihrer Oma nie verziehen. Bevor sie mir diese Geschichte erzählt hat, sagte ich auch immer zu ihr, dass das doch nur Spinnen seien, die keinem etwas tun. Nun sammle ich die Tiere einfach und ohne Widerworte mit der Hand ein und setze sie weit entfernt aus.

Die Fähre ist ebenfalls ein beliebtes Ansiedlungsgebiet für diverse Spinnenarten. Deshalb suche ich sie Meter für Meter mit der Taschenlampe ab. Alle sichtbaren Exemplare fliegen über Bord. Dieses Opfer müssen sie bringen – für die Liebe und die Leidenschaft. Denn beidem wollen wir in dieser Nacht frönen, auf dem Wasser, inmitten des Sees, im Schutz der Fähre, nur von Sternen überdacht.

Das Antriebsrad setzt sich in Gang. Gemächlich zieht sich unser Schlafgemach am Seil entlang. Um uns ist es still. Nur die Mechanik der Fähre und die Verdrängung des Wassers erzeugen einen leisen Klangteppich. Gekko ist mit Rudolf losgezogen und besucht einen Kumpel im Nachbardorf. Der Fährmann hat sich verabschiedet. Er liegt in seiner Hütte und liest. Wir sehen Hacki und Felix, die im Café das Licht löschen. Hacki startet seinen Wagen. Die Scheinwerfer durchstrahlen den dunklen Wald. Felix verfrachtet Müllsäcke in den Kofferraum. Seine Stimme schallt vom Ableger her über das Wasser.

»Bis morgen ihr beiden Hübschen da draußen. Macht nicht so dolle und lasst die Fähre heile, nicht, dass sie noch untergeht.«

Hacki feixt sich eins im Hintergrund.

»Bis morgen!«, rufe ich zurück. »Und macht ebenfalls nicht so dolle. Nicht, dass Hackis Karre noch auseinanderbricht.«

Felix lacht. Die Autotüren klappen. Kies knirscht unter den Reifen und der Kegel des Scheinwerferlichts setzt sich in Bewegung. Wir lauschen den Geräuschen des laufenden Motors. Das Dröhnen entfernt sich, verstummt schließlich. Lisa beginnt, in romantischen Erinnerungen zu schwelgen. Als sie ihr Zimmer auf dem Hollerkamm bezogen hatte, habe ich sie jeden Abend mit dem Ruderboot zum Steilufer gefahren und bis zum Hotel begleitet. Zwischen den beiden Löwenstatuen an der Eingangspforte des herrschaftlichen Hauses gab ich ihr einen Kuss und wünschte dem gnädigen Fräulein eine geruhsame Nacht. Man konnte das Knistern zwischen uns wahrlich hören. Lisa fühlte sich wie eine Gutsherrentochter aus vergangenen Zeiten, die sich in diesem Moment von ihrer heimlichen Liebe verabschieden musste. Mit einem verstohlenen Lächeln und einem hingebungsvollen Fingerschweif ließ sie das Tor ins Schloss fallen. Allein in ihrer Kammer hoffte sie bebenden Herzens auf ein Wiedersehen am nächsten Tag. Sie sollte nicht enttäuscht werden. Am Morgen erschien der holde Jüngling wie verabredet und frühstückte im verwunschenen Gartenhaus mit seiner charmanten Errungenschaft.

»Und nun liegen wir hier auf der Fähre und berauben sie ihrer Jungfräulichkeit«, sage ich in den Nachthimmel blickend, drehe mich zu meiner Freundin um und lasse den Worten Taten folgen.

Zu dämmrig früher Stunde schreckt Lisa auf. Ein eindringlicher Ruf reißt sie aus den Träumen. Es ist der Gesang eines allseits bekannten Vogels, der unüberhörbar über den Juwelin schmettert. Lisa besitzt einen Lichtwecker. Der runde Wecker imitiert den Aufgang der Sonne und holt sie an Arbeitstagen sanft aus dem Schlaf. Wenn die künstliche Sonne aufgegangen ist, ertönt zur Sicherstellung des Erwachens frühlingshaftes Vogelgezwitscher. Besonders hervor sticht dabei der laute Ruf eines Kuckucks, genauer gesagt, der eines Kuckuckmännchens, das sein Revier markiert.

»Gu kuh!«

Das ist für Lisas Gehirn das Signal zum Aufstehen. Und wie im Lied ruft es nun Kuckuck, Kuckuck aus dem Wald. Im Glauben, zu Hause zu sein und arbeiten zu müssen, sitzt sie in unserem schwimmenden Liebesnest und sucht leicht verstört nach Orientierung.

»Zum Kuckuck noch mal!«, schimpfe ich, springe aus dem Bett und schließe das Fenster. Lisa stöhnt. Das Knattern des Laubsaugers lässt uns keine Ruhe. Wir wollten ausschlafen, doch der Friedhofswart hat etwas dagegen: seine Höllenmaschine! Mit dem Blick auf die Zeitanzeige meines Radioweckers lege ich mich zurück ins Bett und wende mich Lisa zu.

»Er hat Benzin besorgt und nachgetankt. Na, wenigstens hat er heute erst um 9 angefangen zu blasen und nicht schon um 8.«

Lisa rümpft die Nase und dreht sich zur Seite.

»Boah, Herr Becker, Sie haben eine Fahne, die ist das Gegenteil von erotisch.«

Ich presse die Lippen aufeinander und versuche mit geschlossenem Mund zu sprechen, ohne dabei auszuatmen.

»Oh! Das kommt bestimmt von der Kräuterbutter.«

»Unter anderem, kann ich nicht genau definieren. Auf jeden Fall kannst du damit nicht nur Vampire verjagen.«

»Dann werde ich wohl mal schnell ins Bad gehen und Zähne putzen, was?«

»Besser ist es.«

Den Gang ins Bad verknüpfe ich mit den ersten Vorbereitungen für unseren gemeinsamen Frühstücksschmaus. In der Küche stelle ich den Ofen an für die Brötchen, den Herd für das Eierwasser und den Wasserkocher für den Kaffee. Im Wohnzimmer öffne ich die Terrassentür. Frische Luft strömt ins Zimmer. Die Wetterlage ist heiter bis freundlich. Dann widme ich mich der Morgentoilette und meiner Mundflora. Als Lisa später aus der Dusche kommt, wartet ein gedeckter Tisch auf sie und ein hungriger Freund. Nach einer kurzen Verdauungspause auf dem Sofa überreden wir uns gegenseitig zu einem erneuten Spaziergang über den Friedhof. Uns interessiert, ob die Waldohreule noch auf ihrem Baum sitzt. Wir betreten gerade den heiligen Boden, da sieht uns Ralf, der Hüter der Grabesstätten, und kommt mit den Händen wedelnd auf uns zu.

»Es hat sich jemand beschwert.«

»Worüber?«

»Über mich und meinen Laubsauger.«

»Also wir waren es nicht, obwohl uns das Ding mächtig auf die Ketten geht.«

»Nein, nein. Ich weiß wer es war. Der Herr, der da drüben wohnt, zweiter Balkon rechts. Der stand neulich draußen, hat mich ganz böse angeguckt und wollte wissen, ob ich noch alle Tassen im Schrank hätte. Er hat die Friedhofsverwaltung gefragt, ob es hier keinen Besen und keine Harke gäbe, die würden doch reichen für das bisschen Laub.«

»Aha, und nun?«

»Nun darf ich immer erst ab 9 loslegen mit dem Laubbläser, eine Stunde später.«

»Haben wir schon mitbekommen.«

»Ja, ja! Dafür muss ich ab jetzt aber leider zweimal am Tag mit dem Gerät über den Platz. Sonst habe ich immer um 8 angefangen und alles in einem Gang durchgezogen, weil ich um 10 aufhören muss. Ab dann habe ich bis Mittag nämlich andere Dinge zu tun. Meistens sind dann auch zu viele Besucher auf dem Gelände unterwegs. Jetzt schaffe ich das nicht mehr und muss am Tag nochmal ran. Das haben wir nun von seiner Beschwerde. Wollte ich euch nur erzählen. Nicht, dass ihr euch wundert.«

»Wie man es macht, macht man es falsch.«

Kopfschüttelnd ob dieser Hiobsbotschaft ziehen wir weiter. Vorsichtig nähern wir uns dem Ruheplatz der Waldohreule. Sie ist weg.

»War bestimmt nur auf Durchreise«, sage ich zu Lisa. »Oder der Laubbläser hat sie verjagt, weggeblasen. Man weiß es nicht.«

Unsere Blicke scannen die Umgebung oberhalb unserer Köpfe ab. Nichts. Keine Spur von unserer gefiederten Freundin. Nur ein Kleiber hüpft an einem Baumstamm auf und ab. Ich nehme Lisas Hand und ziehe sie weiter. Auf unserer Runde betrachten wir wie immer Grabstein für Grabstein. Diesmal interessieren uns jedoch nicht die Todesgründe der Verstorbenen, sondern ihre Geburts- und Sterbedaten.

»Gerda Schulz, geboren am 7. Juli 1905, gestorben am

12. Dezember 2004. Mensch, die hätte es fast geschafft. Aber eben nur fast.«

»Was geschafft?«

»Hundert Jahre alt zu werden.«

Das Grab von Gerda Schulz, vielmehr ihr knappes Vorbeischrammen am biblischen Alter, bringt Lisa und mich auf eine Idee. Irgendwo unter den vielen Toten muss es doch einen Herrn oder eine Dame geben beziehungsweise gegeben haben, der oder die hundert Jahre alt geworden ist. Wir nehmen die Herausforderung an und begeben uns auf die Suche nach der Grabstätte des Jahrhunderts. Aufmerksam durchschlendern wir Gang für Gang. Manche sind zu Zeiten des Krieges gestorben, manche jung, manche alt, manche sehr jung, manche sehr alt, manch ein Todestag ist unbekannt, 1895 bis 1943, 1995 bis 1999, 1913 bis 1999 …, doch nirgendwo liegt ein Stein, dessen Inschrift unsere Suche enden lässt.

In liebevollem Gedenken an unseren Sohn Nico, der viel zu früh von uns gegangen ist

Ein eingerahmtes Foto steht auf dem Grab vor mir. Es zeigt einen Jugendlichen, der lächelnd in die Kamera blickt. Herzen aus Keramik liegen ihm zur Seite und den Herzen kurze Texte in Folie verschweißt. Es sind Worte seiner Freunde. Sie verabschieden sich, können nicht verstehen. Verblichene Zeilen auf verblichenem

Papier. Achtzehn Jahre ist Nico geworden. Ein weiteres Bild zeigt ein Meer aus Blumen vor einem Holzkreuz, das zwischen den Bäumen einer Allee zu stehen scheint.

»Hier!«

Lisa ist weitergegangen. Ihr Ausruf erregt meine Aufmerksamkeit. Ich entdecke sie hinter einer zerfallenen Engelsfigur hockend. Vor ihr ragt ein efeubehangener Granitstein aus dem Erdreich. Ihre Hände haben das hinter einem Vorhang aus Ranken versteckte Todesjahr einer Frau sichtbar werden lassen. In goldenen Lettern steht geschrieben:

Maria Engel

22.09.1899 - 19.09.2000

»Bei dem Namen war das klar«, sage ich und beglückwünsche Lisa zum Fund dieser außergewöhnlichen Grabesstätte.

»Sind wir hier nicht schon langgegangen?«

»Ja, aber keiner hat geguckt, was hinter dem Efeu im Verborgenen liegt.«

»Mensch, stell dir das mal vor, Maria Engel hat den ersten Weltkrieg er- und überlebt, die Weimarer Republik, den zweiten Weltkrieg, die DDR, die Wiedervereinigung und zwei Jahrhundertwenden!«

»Sogar eine Jahrtausendwende!«

»Nicht schlecht, nicht schlecht. Und kurz vor ihrem

101. Geburtstag ist sie zu ihren Namensvettern aufgestiegen.«

»Mit der hätte ich mich gern unterhalten.«

»Ich auch.«

»Wenn ich genauso alt werde, oder du, oder wir beide, dann haben wir noch eine ganz schön lange Zeit vor uns.«

»Stimmt, wenn wir Glück haben. Trotzdem vergeht das Leben wie im Flug und eines Tages kommt das unausweichliche Ende.«

Das Ende meiner Fährmannszeit kam plötzlich, doch nicht unerwartet. Im fortgeschrittenen August sendet die Natur genügend Zeichen aus, die das Voranschreiten des Jahres spürbar machen. Immer früher zieht sich die Sonne aus dem Tagesgeschäft zurück. Die nächtlichen Temperaturen im Tal des Juwelins sinken wie die Anzeige des Thermometers, das am Steg zwischen den Ruderboten im Wasser hängt. Auch an der Mimik und Gestik des Fährmanns lässt sich die nahende Saisonwende ablesen. Erste Erschöpfung macht sich breit, Erschöpfung von den vielen Fährfahrten, den vielen Geschichten, den vielen Anliegen der Urlauber und den langen Arbeitszeiten.

»Der Winter ist nicht meine Jahreszeit. Dat is' nich'

meins. Und wenn ich die Buchen drüben auf dem Hollerkamm angucke, sehe ich schon wieder Streifen in den Kronen, die den Herbst ankündigen. Neej, neej, neej du!«

Felix, Gekko und ich sitzen inmitten der Bootshalle. Auf dem Klapptisch vor uns liegt ein Spielbrett: *Mensch ärgere Dich nicht.* Draußen ist es trüb, regnerisch und kühl, kein einladendes Wettergemisch. Der Ansturm der Besucher hält sich in überschaubaren Grenzen. Auf der Uhr schlägt es 12. Wir legen eine kurze Spielunterbrechung ein. Ich schiebe meinen Stuhl nach hinten und laufe vor zum Fähranleger, um zu kontrollieren, ob Passagiere übergesetzt werden wollen. Ein Pärchen steht am Geländer, sonst niemand. Auf meine Nachfrage hin erklären sie, dass sie dort nicht warten, sondern nur stehen, sich umgucken und nicht über den See rüber wollen. Gekko ist dran mit Würfeln. Mit einer 6 und der darauffolgenden 4 schmeißt er gleich zwei meiner roten Männchen aus dem Spiel.

»Junge, du hast mehr Glück als Verstand! Das gibt Rache!«

Als ich gerade zum Gegenschlag ausholen will, stürmt der Fährmann aus seinem Kabuff. Sein Körper strahlt einen leicht gereizten Gemütszustand aus. Er war gerade dabei, die ungeliebte Buchhaltung auf den neusten Stand zu bringen und ist auf dem Weg zu Hacki, um ihm einige verhunzte Kassenbelege um die Ohren zu hauen. In seiner Befindlichkeit stolpert er über den schrägen Metallfuß meines Stuhls. Ärgerlich taumelnd blickt er aus dem Fenster und anschließend auf die Uhr.

»Menschenskinder!«, bricht es aus ihm heraus. »Was steht denn der blöde Stuhl hier mitten im Weg? Euch geht's wohl zu gut, was? Muss ich hier alles alleine machen. Draußen warten die Leute und ihr sitzt faul rum! Habt ihr mal auf die Uhr geguckt. Die Fährzeiten sind immer zur halben und vollen Stunde, falls ihr das noch nicht wusstet. Mann, Mann, Mann! Außerdem muss ich mal pissen, so `ne Scheiße!«

Neugierig steckt Hacki seinen Kopf durch die Cafétür. Der verbale Auswurf seines Chefs hat ihn aufhorchen lassen.

»Und was glotzt du da jetzt noch so blöde?«

Felix: »Junge, dreht der Alte heute am Rad!«

Gekko: »Mensch Fährmann, ärgere dich nicht! Wir haben alles unter Kontrolle. Jan hat gerade nachgeguckt. Die wollen nicht mit der Fähre fahren. Alles im Lot hier!«

Ich: »Genau Fährmann, ganz ruhig bleiben, alles ist in bester Ordnung. Das war jetzt wirklich ein stressbedingter Fehlanschiss!«

Hacki: »Hä hä, stressbedingter Fehlanschiss, dat habe ich auch noch nicht gehört.«

Die aus situationsbedingter Spontanität entstandene Wortschöpfung lässt den Fährmann zur Vernunft kommen, ringt ihm gar ein Lächeln ab.

»Ihr seid mir ein Haufen. Stressbedingter Fehlanschiss. Tze! Mensch, ich muss mal! Stressbedingter Fehlanschiss, stressbedingter Fehlanschiss …«

Sich vor die Stirn schlagend und den Begriff wiederholend vor sich hin säuselnd, zieht er von Dannen.

»Auf den stressbedingten Fehlanschiss!«, ruft der Fährmann und greift nach seinem Bier. Alle lachen, heben die Flaschen und stoßen an. Es ist mein letzter Tag an der Fähre, vielmehr der letzte Abend, gleichzeitig das Ende des Monats und Felix' Geburtstag. Uboot ist da, die Fährmannsfrau, Felix' Großeltern, die noch Mecklenburger Platt sprechen, und weitere Verwandte, Bekannte und Freunde aus Landberg und Umgebung. Unter ihnen ist auch Martin, der mit der Fähre auf den See gefahren ist, mit seiner Trompete darauf steht und uns ein Ständchen spielt. Frenetischer Beifall und stehende Ovationen sind ihm sicher. Der Fährmann gibt einen aus. Im Räucherofen hängen Maränen, die er extra für diese Feier beim Fischer bestellt hat. Es dämmert. Die Grillkohle glüht. Auf den Tischen stehen Salate. Zum Abschied habe ich für jeden ein kleines Geschenk als Dankeschön vorbereitet. Der Fährmann bekommt ein gerahmtes Foto in Plakatgröße. Es zeigt ihn, seinen Sohn und Hund Rudolf nachts auf der Bank vor dem stimmungsvoll beleuchteten Fährhaus sitzend. Felix überreiche ich einen Blinker zum Hechtangeln und Hacki ein T-Shirt mit dem Aufdruck:

Mensch, bin ich heute träge!

Schlimm is' dat!

Für Gekko habe ich eine ganz besondere Überraschung: eine erlesene Auswahl Kartoffelchips.

»Ha, ha, ha! Dat war ja klar! Alter Drecksack!«

Sein Kommentar nach dem Öffnen der Geschenkverpackung deutet darauf hin, dass er meine Anspielung verstanden hat. Wenn ihm danach ist, verfolgt Gekko die Spätprogramme der TV-Anstalten auf dem winzigen Fernseher in der Bootshalle. Dann legt er sich auf das Sofa und öffnet eine Tüte Chips, genauer gesagt: eine Tüte Kartoffelchips. Die hellen, geriffelten mag er am liebsten. Diese Vorliebe wurde ihm eines schönen Fernsehabends zum pikanten Verhängnis. Im Sommer findet in der Kiesgrube hinter den Wäldern des Juwelins ein Festival statt. Zeltburgen säumen die Wiesen und Felder. An drei Tagen vibrieren die satten Bässe der musikalischen Chillout-Zone rund um die Uhr durch das Naturschutzgebiet. Während sich Tausende tiefenentspannte Festivalbesucher auf dem kunstvoll geschmückten Veranstaltungsgelände vergnügen, rümpfen Erholungssuchende, die zu dieser Zeit versehentlich ihren Urlaub in der Seenlandschaft gebucht haben und einer ungünstigen Windrichtung zum Opfer fallen, die Nase, halten sich die Ohren zu und beschweren sich an den Hotelrezeptionen über die Ruhestörung. Brennt nach einer durchtanzten Nacht die Sonne aufs Zeltdach, entscheiden sich viele Festivalisten für eine Abkühlung im Juwelin. Massen begeben sich auf den Weg zur Fähre. Die lange Treppe mit ihren hundertfünf Stufen verwandelt sich in einen Engpass. Der Publikumsverkehr gleicht einer Pilgerwanderung und das Fährhaus einem Wallfahrtsort. Hacki rotiert im Café, die Boote gehen ohne Pause rein und raus, und auf den Stegen sitzen und liegen junge Menschen, die sich ihres Lebens freuen. Am Festivalwochenende herrscht der Ausnahmezustand. Einige Landberger regen sich darüber auf. Dem Fährmann gefällt es.

»Drei Tage im Jahr, das halten der See und die Leute schon aus. Die sind doch alle friedlich. Die tun doch keinem was.«

Die Einnahme diverser Genussmittel merkt man einigen Besuchern des Musikfestes deutlich an. Gekko freut sich darüber, schließt er zu jener Zeit doch den ein oder anderen Tauschhandel ab. Der Schwarze Afgahne wandert von Hand zu Hand.

Blut läuft über die Stufen der Badeleiter. Ein Schwimmer in triefenden Shorts humpelt durch die Menge zu uns herüber. Er wollte etwas abseits ans Ufer klettern und hat sich seinen rechten Fuß an den Muscheln aufgeschnitten, die auf den Steinen des Juwelins ihre Kolonien gebildet haben. Neben den heimischen Flussmuscheln, haben sich im Juwelin auch Quagga-Dreikantmuscheln angesiedelt, invasive Einwanderer aus dem Schwarzen Meer, die sich unter anderem über den Schiffs- und Bootsverkehr weit ins nördliche Europa ausgebreitet haben. Wer unvorsichtig auf die messerscharfen Kanten ihrer Schalen tritt, fängt sich schnell Schnittwunden ein. So wie der junge Festivalbesucher, der nun um medizinische Hilfe bittet. Seine Sinne scheinen durch den Einfluss eines Rauschmittels leicht betäubt. Der Ausdruck seiner Pupillen verstärkt diesen Eindruck. Felix nimmt ihn in seine Obhut, führt ihn in die Bootshalle, wo er auf der Behandlungscouch, Gekkos Fernsehsofa, platznehmen darf. Des Fährmanns Erste-Hilfe-Kasten spendet Desinfektionsspray, Pflaster, Schere und Verbandsmittel, die Felix dem Muschelopfer übergibt. Auf die Frage, ob er weitere Unterstützung bei der Versorgung der Wunden brauche, antwortet er: »Nee, danke, das kriege ich schon hin. Alles supi!«

Felix lässt ihm seine Privatsphäre und zieht sich zurück. Beim Betrachten seines Fußes fällt der Blick des

Verletzen auf eine Art Monsterblase am Ballen, wahrscheinlich die Folge der bewegungsintensiven Nacht zuvor. Sie schmerzt nicht, aber durch das Bad im Juwelin ist die Hornhaut weiß, weich und eingerissen. Kurzentschlossen nutzt der sich selbst Behandelnde die Gunst der Stunde und schneidet einen sauberen Kreis aus dem äußeren Gewebe. Weil ihm der Weg zum Mülleimer mit seinen Wunden zu weit ist und er nicht weiß, wohin mit dem Hornhautlappen, legt er ihn auf den Rand der Fernsehkommode. In Ruhe desinfiziert und verarztet er seine Schnitte. Als alles bandagiert und bepflastert ist, steht er auf, humpelt zu uns raus, überreicht uns die Hilfsmittel und gesellt sich wieder zu seinen Freunden. Das aufgeweichte Überbleibsel seines Körpers neben dem Sofa kommt ihm nicht mehr in den Sinn. Während der Menschenandrang alle Fährmannsmitarbeiter auf Trapp hält, trocknet das Hornzellen-Omelette in der durch das Fensterglas scheinenden Mittagssonne vor sich hin. Unbemerkt dörrt es bis zum Abend, die Nacht hindurch, über den folgenden Tag hinweg bis zum Beginn des Spätprogrammes. Als Gekko nun den ausgehärteten Fußfladen im warmen Schein der Tischbeleuchtung nächst zur Fernbedienung entdeckt, hält er ihn für das, wonach er inzwischen aussieht: einen geriffelten, nicht mehr ganz frischen, aber dennoch essbaren Kartoffelchip, der ihm bestimmt bei seiner letzten Knabberparty aus der Tüte gefallen ist. Er hätte ihn einfach wegschmeißen sollen, verfressen wie er jedoch ist, lässt er ihn sich ohne Umwege munden. Recht schmecken will die Delikatesse nicht, auch kaut es sich darauf nur leidlich. Gekko zieht das durch die Bearbeitung seines Speichels bereits wieder aufgeweichte Leder zwischen seinen Zähnen hervor und untersucht dessen Erscheinungsbild und Konsistenz genauer. Im gleichen Moment, als ihm dämmert, was dort tatsächlich auf dem Tisch lag, fliegt der Hautfetzen quer durch den Raum. Angewidert und mit zu Berge stehenden Haaren sendet er einen Aufschrei des Entsetzens aus, der mich hinter meinem Verschlag aus dem Schlaf holt. Gekkos Appetit auf Kartoffelchips hat dabei schweren Schaden genommen. Inzwischen hat sich sein Ekel wieder gelegt, doch ich bin mir sicher, dass er sich beim Verzehr meines Abschiedsgeschenks Kartoffelchip für Kartoffelchip an diesen Vorfall erinnern wird.

Die Gräten der Maränen stapeln sich auf den Tischen, die Salatschüsseln sind leer, das Grillfleisch gegessen. Felix bietet seinen Geburtstagskuchen zum Nachtisch an. Der Fährmann kommt aus dem Café, postiert sich vor den Gästen und bittet um Aufmerksamkeit. In seiner Hand liegt eine Kartoffel. Er hält sie hoch. Als Tauglichkeitsprüfung zu Beginn meiner Karriere am Juwelin sollte ich die rohe Knolle mit der bloßen Hand zerdrücken, so wie Raimund Harmstorf als Wolf Larsen in der Verfilmung von Jack Londons Roman „Der Seewolf". Ich drückte so fest ich nur konnte. Die Kartoffel blieb ganz. Darauf will der Fährmann nun erneut hinaus. Er winkt mich zu ihm.

»So, Jan, mien Jung, du weißt ja, Seefahrt ist kein Zuckerschlecken. Woll'n wir doch mal sehen, ob du am Ende deiner Lehrzeit das Zeug zum echten Fährmann hast. Nimm diese Kartoffel und zeige uns, dass du ein harter Kerl bist!«

Unter den Anfeuerungsrufen der Zuschauer übernehme ich den Erdapfel. In der Umklammerung meiner Finger führe ich ihn vor meine Brust, winkele den Arm an und presse mit aller Kraft. Meine Hand ballt sich zur Faust, quetscht das Fleisch der Kartoffel zwischen meinen Finger hindurch, lässt nicht viel übrig von ihr. Huldigender Applaus deutet darauf hin, dass ich die Prüfung bestanden habe.

»Wenn da mal nicht nachgeholfen wurde!«, ruft Gekko, dessen Stimme man den überbordenden Alkoholkonsum an diesem Abend anhört.

Seine These zu beweisen wird schwer. Ob sich die Knolle im Roh- oder Garzustand befand, wird für immer des Fährmanns und mein Geheimnis bleiben.

Mitte Oktober: Das von Verwalter Strunz angedrohte Baugerüst umkleidet das Haus. Männer mit Bohrhämmern stehen darauf. Mit gehärteten Meißeln schlagen sie das alte Grau aus den Fugen des Backsteinbaus. Atemmasken schützen ihre Lungen vor dem Staub. Schutt rieselt die Wand herab. Eine Dreckschicht trübt die Sicht durch das Glas der Fenster. Unter dem Gerüst dröhnt ein Dieselgenerator, der die Borhämmer mit Strom versorgt.

»Wenn Sie mich fragen, bringt das überhaupt nichts«, hat mir ein Mitarbeiter der Sanierungsfirma im Vertrauen zu verstehen gegeben. »Das ist vertane Zeit und verlorenes Geld. Ich meine, für uns ist es gut, aber nicht für Sie. Die Wände hier sind über einen halben Meter dick, die Fugen in Ordnung. Das hätte noch ewig gehalten. Davon kommt die Feuchtigkeit in den oberen Etagen bestimmt nicht. Sowas liegt meistens an den Abläufen der Dachterrassen, daran, dass die nicht hundertprozentig dicht sind. Oder beim Abdichten des Daches lag irgendwo ein Stein und einer ist draufgetreten. Das kleinste Loch genügt. Wasser findet immer seinen Weg. Aber, wir machen nur das, was uns aufgetragen wird. Ich wäre jetzt auch lieber mit etwas anderem beschäftig, denn das hier ist eine Sauarbeit.«

Zwischen den Gräbern heult der Laubläser des Friedhofswartes auf. Er duelliert sich mit dem Hausmeister, der auf dem Hof die wehrlosen Blätter vor sich hertreibt. Im Wettstreit um den beeindruckendsten Laubhaufen holen sie das Letzte aus sich und ihren Krawalltüten. Dieselgenerator, Bohrhämmer, Laubbläser – das Orchester des Wahnsinns spielt die Sinfonie des Lärms. Dumpfe Schritte geben den Takt an. Zwei Dachdecker laufen die Schräge über meiner Wohnung auf und ab. Sie kontrollieren die Deckung auf Schwachstellen. Durch die Scheiben der Oberlichter spähen sie in mein Wohnzimmer. Doch ihre Blicke werden niemanden vorfinden. Mich umgibt Stille, vertraute Stille, kalte, aber sonnendurchflutete Stille – und Lisa. Zwei Tage vor dem Wochenende bin ich dem Orchester des Wahnsinns und sie der Hektik der Großstadt entflohen. In Einerkajaks paddeln wir über den Juwelin. Geschlossene Decken gefallener Blätter treiben entlang der Uferzonen. Die Kälte hat das Wasser, das im Hochsommer ein leichter Schleier trübt, bis in weite Tiefen aufklaren lassen. Die Skelette versunkener Bäume scheinen zum Greifen nah. Ungebrochen spiegeln sich die fast blätterleeren, nur vereinzelt noch bunt gefleckten Buchen und die am oberen Ende des Sees liegende Kolonie aus bunten Gartenlauben im Wasser. Die Fähre schlummert. Nur selten quert sie zu dieser Jahreszeit den See. Des Fährmanns Ruderkähne liegen bereits winterfest. Kieloben und gepolstert mit ausgesonderten Autoreifen stapeln sie sich in Dreierpacks auf der Betonfläche neben dem »C« wie Hacki immer sagt, denn es ist nur ein »C« kein »WC«. Kraniche ziehen über uns hinweg. Sie fliegen in den Süden, lassen den Fährmann allein. Der sitzt im Café und schmiedet mit Mario und Mathias Pläne für die nächste Saison. Hacki serviert den dreien Kaffee. Mario ist Aluminiumschweißer. Er baut die Tretboote für den Fährmann. Ein neuer Alu-Kreuzer mit Pedalen soll im kommenden Jahr die Flotte erweitern. Ebenso soll ein neues Hängeschild den Eingang zum Fährhaus schmücken. Darum kümmert sich Mathias, guter Freund und Werbedesigner aus Landberg. Die Bilderwand des Cafés hat Zuwachs bekommen. Inmitten vieler Erinnerungen sieht man den Fährmann, seinen Sohn und Rudolf vor dem nächtlich beleuchteten Fährhaus auf einer Bank sitzen. Er hat mein Geschenk aufgehängt. Als ich es dort entdeckte, überkam mich ein Gefühl der Freude. Der Fährmann hingegen strahlte, als er sah, dass ich eine wasserdichte Uhr um den Arm und ein Mehrzwecktaschenmesser am Gürtel trage. An meinem letzten Abend hat er mir beides feierlich überreicht und mich einen Freund genannt. Nachdem er mir meine Heuer ausgezahlt hatte, gab er mir zu verstehen, dass er es schön fände, mich in der Folgesaison wieder mit an Bord nehmen zu dürfen. Ich brauchte nicht lange über sein Angebot nachzudenken.

Ein zweiter Zug Kraniche formiert sich über unseren Köpfen. Ihr unverkennbarer Ruf läutet die Einsamkeit ein am Juwelin. Bald wird Gekko zu seiner Mutter ziehen. Bei ihr verbringt er die Wintermonate. Hacki hat sich vorgenommen, endlich die Holztüren seines renovierungsbedürftigen Hauses auf Vordermann zu bringen.

»Oh, oh, Jan, weißt, wenn ich daran denke, wird mir jetzt schon schlecht.«

Felix wird wie im letzten Jahr sein Geld auf den Weihnachtsmärkten der Republik verdienen, so wie ich in Burgstadt. Die Leuchthäuser und -sterne warten schon. Der Juwelin wird zufrieren. Vorher entlässt er neblig brodelnd die letzte Wärme aus seinen Fängen. Treu an seiner Seite bleibt der Fährmann, denn er kann hier nicht weg. Er ist mit dem See verbunden, hängt fest am Seil, fest am Seil der Fähre.

Lisa lässt ihr Paddel sinken, haucht sich Wärme in die Hände. Ich tue es ihr gleich. Lautlos treiben wir dahin. In mir ruhend, betrachte ich sie. Meine Gedanken umkreisen ein Gedicht, das Lisa gewidmet ist. Ich habe es ihr geschenkt. Die Zeilen sind meinem Geist entsprungen an einem jener Abende, die ich mit Lisa allein im Ruderboot auf dem Juwelin verbracht habe. Ich bin kein Dichter, doch die Worte flossen auf das Papier wie Wasser aus einem Quellbach. Für Lisa und mich steht nicht die lyrische Qualität im Vordergrund, für uns zählt das Gefühl dahinter.

~

In rot besticktem Abendkleide
ruht der See und reflektiert
des Himmels Feuer und die Buchen,
deren Sommergrün die Ufer ziert.

Nur das Ruder durchdringt den Spiegel,
treibt den Kahn gemächlich an,
schickt Wirbel durch das klare Wasser,
auf dessen Grund ich blicken kann.

Kleine Tropfen ziehen Bahnen,
immergleich nach jedem Schlag,
tauchen ein und sanfte Wellen
vollenden jenen Sonnentag.

Du kühlst die Hand.
Du schließt die Augen.
Lächelst zart und atmest ein.
Nichts Erfüllenderes kann es geben,
als mit dir an diesem Ort zu sein.

~

Wolf Stein, geboren 1977, lebt, wenn er nicht gerade in der Welt herumreist, in Magdeburg. Dort arbeitet er als Autor, Musiker und Produzent. Auf der Suche nach Abenteuern und Begegnungen mit interessanten Menschen und wilden Tieren verschlug es ihn für lange Zeit in ferne Länder, vorzugsweise nach Australien und Kanada. Dort fand er das Futter für seine ersten Erzählungen, Geschichten und Lieder. Heute ziehen ihn die Naturschönheiten Deutschlands, wie die Wasser- und Waldlandschaften in Mecklenburg-Vorpommern, regelmäßig in ihren Bann. In den Sommermonaten verdingt er sich als Kanuführer am reizvollen Ostufer der Müritz.

www.wolfslabyrinth.de
www.facebook.com/autorwolfstein

Bereits in unserem Verlag erschienen

Von Wolf Stein sind folgende Titel erschienen:

Der Praktikant: Erzählung
1. Aufl. 2013, 978-3-86386-534-4

100% Down Under: Ein Rucksack voller Australiengeschichten
3. überarb. Aufl. 2014, 978-3-86386-650-1

Ich seh den Wald vor Bäumen nicht: Als Tree Planter in Kanada
2. überarb. Aufl. 2014, 978-3-86386-692-1

Wolfsspuren: Abenteuer Kanada
3. überarb. Aufl. 2014, 978-3-86386-667-9